톡톡 튀는 1318 세대를 위한 삶의 지혜 시리즈

고사성어

톡톡 튀는 1318세대를 위한
삶의 지혜 시리즈 **고사성어**

초판인쇄일 2000년 12월 24일
초판발행일 2000년 12월 30일

기획/한성출판기획
엮은이/이창훈
펴낸곳/도서출판 **지원클럽**
펴낸이/김철수

주소/서울시 마포구 상수동 231번지 호수빌딩301호
전화/(02)322-9822~5 · 팩스/(02)322-9826
출판등록/제 10-1371호 1996년 12월 3일

값 6,000원

ISBN 89-86717-58-1

톡톡 튀는 1318 세대를 위한 삶의 지혜 시리즈

고사성어

이창훈 엮음

지원클럽

머리말

　　요즘에는 세계화다, 지구촌 시대라는 말이 오히려 식상할 정도가 되었습니다. 이러한 시대에 부응하여 외국어를 배우고자 하는 사람들이 점점 증가하는 추세입니다. 그런데 한자라니, 그것도 옛날에 있었던 일이나 예로부터 내려오는 유서 깊은 일이 말로 만들어진 고사성어를 배우라고 한다면, 시대착오적인 발상이 아닐까 하고 부정할 수도 있습니다. 그 시간에 차라리 일본어나 중국어를 배우는 것이 더욱 효과적일 것이라고…… . 하지만 온고지신이라는 말이 있듯이, 옛 것을 익히고 그것을 새롭게 하여 안다는 말처럼, 그 이야기들을 통하여 당시의 정치적, 사회적 분위기뿐만 아니라 옛 성현들의 지혜와 세상 살아가는데 필요한 여러 가지를 배우고 습득할 수 있는데 도움이 될 수 있으리라 생각됩니다.

　　한글과 한자를 병행하는 우리 나라에서는 한자에 대한 공부를 소홀히 할 수 없는 것이 현실입니다. 그 실례로 학생들이 한자 공부할 기회가 적어 신문에 실은 한자조차도 읽지 못하는 사람들이 많다는 안타까운 현실을 접하게 됩니다. 모쪼록 중·고등학생들에게 도움이 되길 바라며, 이 시기에 알게 되는 고사성어만으로도 평생 불편함이 없이 지낼 수 있을 것이라 자부하면서, 현대를 살아가고 미래를 준비하는 모든 분들에게 미력하나마 좋은 길잡이 역할을 했으면 하는 바람입니다.

차 례

재미있는 고사성어 이야기

반드시 알아야할 한자이야기

이 책의 특징

첫 째 이 책에 수록된 고사성어는 중·고등학생들이 반드시 알아두어야 할 고사성어만을 골랐으며 쉽고 재미있게 읽을 수 있도록 재치가 넘치는 삽화를 넣었습니다.

둘 째 고사성어를 읽으면서 한자를 익힐 수 있도록 한자의 훈과 음을 별도로 정리하였습니다. 단 중복되는 한자는 생략하였습니다. 또한 출전도 함께 밝혀서 공부에 깊이를 더해주었습니다.

셋 째 한자학습을 위해 두가지 음을 가진 한자, 잘못 읽기 쉬운 한자, 중·고등학생들이 반드시 알아야 할 실용1800자를 정리하여 한자를 공부하는데 이 책 한권이면 충분하도록 구성하였습니다.

재미있는
고사성어 이야기

苛政猛於虎 (가정맹어호)

가혹한 정치는 호랑이보다 더 사납다는 뜻으로,
가혹한 정치는 백성들에게 있어 호랑이에게 잡혀 먹히는 고통보다 더 무섭다는 뜻

춘추시대 말엽, 공자의 고국인 노나라에서는 조세를 **가혹하게(苛)** 징수하여 백성들을 못살게 **다스리는(政)** 이른바 가렴주구에 시달리고 있었다. 어느 날, 공자가 제자들과 함께 수레를 타고 태산 기슭을 지나가고 있을 때 무덤 앞에서 한 부인이 슬프게 울고 있는 것을 보고, 제자인 자로를 시켜 무슨 사연으로 그리 울고 있는지를 알아보도록 하였다.

"이 곳은 아주 무서운 곳이랍니다. 몇 년 전에 저희 시아버님이 **사나운(猛) 호랑이(虎)**에게 해를 당하시더니 작년에는 남편이, 그리고 이번에는 하나밖에 없는 자식까지 호랑이한테 잡혀 먹혔답니다."

"그러면, 왜 이 무서운 곳을 떠나지 않으십니까?"

"저도 몇 번이나 떠날 생각을 했었습니다. 하지만 여기서 살면 세금을 혹독하게 징수 당하거나 못된 관리들에게 재물을 **빼앗기는** 일은 없기 때문입니다."

자로에게 이 말을 전해들은 공자는 제자들에게 이렇게 말했다.

"이 이야기를 잘 기억해 두어라. '가혹한 정치는 호랑이**보다(於)** 더 무섭다' 는 것을 말이다."

- 출전 《예기》〈단궁편〉-

苛 가혹할 가 : 苛斂(가렴), 苛細(가세), 苛酷(가혹)

政 정사, 다스릴 정 : 政見(정견), 政黨(정당), 政府(정부), 政治(정치)

猛 사나울, 엄할 맹 : 猛烈(맹렬), 猛獸(맹수), 勇猛(용맹)

於 어조사 어, 탄식하는 소리 오 : 於乎(오호), 於是乎(어시호)

虎 호랑이, 범 호 : 虎口(호구), 虎視(호시), 虎穴(호혈)

刻舟求劍 (각주구검)

**칼을 강물에 떨어뜨리자 뱃전에 표시를 했다가 나중에
그 칼을 찾으려 한다는 뜻으로, 어리석어 시세의 흐름에 융통성이 없다는 뜻**

전국시대, 초나라의 한 젊은이가 양자강을 건너기 위해 배를 타고 가다가, 배가 강 한복판에 이르렀을 때 그만 실수하여 손에 들고 있던 칼을 강물에 떨어뜨리고 말았다. 당황한 젊은이는 강물에 손을 넣어 칼을 주우려 했지만 보검은 강물 속으로 들어간 상태였다. 보검을 잃은 젊은이는 허리춤에 찬 단검을 빼 뱃전에다 표시를 해 두었다. 그 모습을 보고 있던 다른 사람들이 궁금해서 그 이유를 묻자 젊은이는 "내 칼이 이 곳에 떨어졌지만, 떨어진 곳에 이렇게 표시를 해 두었으니 곧 찾을 수 있을 것이오." 라고 대답하였다.

잠시 후에 배가 나루터에 닿자 젊은이는 기다렸다는 듯이 표시를 해 놓은 뱃전의 물밑으로 뛰어들어 칼을 찾아보았다. 그러나 배는 사나이가 칼을 떨어뜨린 곳에서 멀리 이동해 왔으므로, 칼이 있을 리 없었다.

사람들은 "배(舟)에 표시를 해서 **새겨(刻)** 놓고 **칼(劍)**을 **찾으려(求)** 한다." 며 그의 어리석음을 비웃었다.

- 출전 《여씨춘추》〈제령편〉-

刻 새길, 모질, 시각 각 : 刻骨難忘(각골난망), 刻薄(각박), 時刻(시각)

舟 배 주 : 舟車(주거), 吳越同舟(오월동주), 片舟(편주)

求 구할 구 : 求愛(구애), 求職(구직), 要求(요구), 追求(추구)

劍 칼 검 : 劍客(검객), 劍術(검술), 劍舞(검무)

肝膽相照(간담상조)

서로 간과 쓸개를 꺼내 보인다는 뜻으로, 서로 간에 진심을 터놓고 격의 없이
대화를 나눌 수 있는 친한 사이거나, 마음이 잘 맞는 절친한 사이를 뜻함

한유와 유종원은 당대의 당송팔대가에 드는 명문이었다. 둘은 매우
절친한 사이였는데 어느 날 유종원이 죽었다는 소식이 한유의 귀에
전해졌다. 그는 유종원의 죽음을 몹시 마음 아파하며 생전의 그와의
우정을 기리는 동시에 경박한 사람의 사귐을 개탄하면서 쓴 묘지명
에는 이렇게 적혀 있다.

"……무릇 인간이란 곤경에 처해 있을 때라야 비로소 그 절의가 나
타나는 법이다. 평소 평온하게 살아갈 때는 서로를 그리워하고 기뻐
하며 때로는 놀이나 술자리를 마련하여 서로를 초대하고는 한다. 또
흰소리를 치기도 하고 지나친 농담도 함께 하지만 서로 양보하고 손
을 맞잡기도 한다. 어디 그뿐인가. '서로(相) 간(肝)과 쓸개(膽)를 꺼
내 보이며(照)' 해를 가리켜 눈물지으며 살든 죽든 서로 배신하지 말
자고 맹세한다. 말은 제법 그럴 듯하지만 일단 조금이라도 어려운 처
지에 놓이거나 이해 관계가 생기는 날에는 눈을 부릅뜨고 언제 봤냐
는 듯 안면을 바꾼다. 더욱이 함정에 빠져 곤경에 처하게 되면 손을
뻗쳐 도움을 주기는커녕 오히려 더 깊이 빠뜨리고 위에서 돌까지 던
지는 인간이 이 세상 곳곳에 널려 있는 것이다."

- 출전 한유의 〈유자후묘지명〉-

 肝 간 간 : 肝要(간요), 肝油(간유), 肝腸(간장), 心肝(심간)

膽 쓸개 담 : 膽力(담력), 大膽(대담), 落膽(낙담)

相 서로, 볼, 도울, 모양, 재상 상 : 相逢(상봉), 觀相(관상), 樣相(양상)

照 비칠, 대조할 조 : 落照(낙조), 照明(조명), 對照(대조), 參照(참조)

改過遷善(개과천선)

과거의 잘못을 고치고 착한 것으로 옮긴다는 뜻으로,
자신의 지난 과오를 뉘우치고 새롭게 착한 사람이 되는 것을 말함

　진나라 혜제 때 양흠 지방에 주처라는 특이하지만 뛰어난 선비가
있었다. 그의 아버지는 주방이라는 사람이었는데, 그는 동오, 파양의
태수를 지냈으나 주처가 열 살이 되었을 때 돌아가셨다.

　아버지의 죽음에 주처는 방탕하고 포악한 사람이 되어 마을 사람들
로부터 남산에는 호랑이, 장교에 사는 교룡과 더불어 주처도 포함하
여 세 가지 해로운 존재라는 평과 손가락질을 받으며 지내게 되었다.
그래서 그는 새사람이 되겠다는 각오를 새롭게 하여, 우선 해로운 것
세 가지라는 오명을 벗기 위해 남산에 올라가서 호랑이를 죽이고, 목
숨까지 잃을 뻔하면서까지도 교룡을 죽였다. 그리고는 마을로 돌아
왔지만, 아무도 주처를 반갑게 맞이해 주지 않자 그 길로 마을을 떠
났다. 그리고는 즉시 등오에 가서 대학자인 육기와 육운을 만나 이러
한 자초지종을 말했다.

　그 말을 들은 육기는 "굳은 의지를 지니고 **지난날(過)**의 과오를 **고
치고(改) 착한(善)** 삶을 사는 새사람이 된다면 자네의 앞날이 **바뀔
(遷)** 것이네. 앞으로의 시간은 무한하다네."라며 격려를 해 주었다.
그는 그 격려를 듣고 힘을 얻어 10여년 동안 학문과 덕을 익히는데
힘써 마침내 대학자가 되었다.

- 출전 〈진서본서〉-

改 고칠 개 : 改良(개량), 改善(개선), 改定(개정), 改革(개혁)

過 지날, 건널 허물 과 : 過去(과거), 過激(과격), 過勞(과로), 過誤(과오)

遷 옮길, 바뀌고 변할 천 : 遷都(천도), 孟母三遷(맹모삼천), 左遷(좌천)

善 착할, 좋을, 잘할, 옳게 여길 선 : 善導(선도), 善處(선처), 親善(친선)

乾坤一擲 (건곤일척)

하늘과 땅을 걸고 한 번 주사위를 던진다는 뜻으로 운명과 흥망을 걸고 승부나
성패를 겨루거나, 흥하든 망하든 운명을 하늘에 맡기고 결행함을 비유한 뜻

진나라를 무너뜨린 한나라 유방과 초나라의 항우가 서로 천하를 독
차지하려고 둘이 한창 피나는 싸움을 하고 있을 때의 일이다. 그러나
싸움은 일진일퇴(一進一退)하여, 좀처럼 승부가 나지 않았다. 그러자
이 싸움이 서로에게 이익이 없다고 판단하여 결국 두 사람은 천하를
둘로 나누기로 약속하고 유방은 홍구에서 서쪽을, 항우는 동쪽을 차
지하기로 약정했다. 협약이 성립되자 항우가 먼저 그의 군대를 퇴각
시켰다. 유방도 조약대로 군대를 철수하려는데 장량과 진평이 간언
을 했다.

"지금 초나라는 군대가 지쳐 있으며 식량도 떨어져 한나라에 싸움
을 **던질(擲)** 힘이 없습니다. 이 기회야말로 초의 군사를 물리칠 수 있
는 하늘이 준 절호의 기회입니다."

이 말을 듣고 유방은 항우와의 약속을 어기고 말머리를 항우가 철
수하는 쪽으로 돌려 해하성에서 항우의 군대를 크게 무찔러 한왕조
를 세우게 되었다. 시인 한유는 장량과 진평이 유방을 도와 패업을
이룩한 사건이야말로 천지를 건 모험으로 생각하고 홍구를 지날 때
이 감회를 '과홍구'라는 칠언칠구의 시로 회상했다. 건곤일척은 한
유의 시에서 나온 말로 그 내용은 다음과 같다.

용은 지치고 범은 곤하여 천원을 나누니

억만 백성은 생명을 보존하였다

누가 군왕으로 하여금 말머리를 돌리도록 권하여

참으로 **하늘(乾)**과 **땅(坤)**을 건 **한(一)**판의 도박을 벌였구나

- 출전 《한유의 시》〈과홍구〉-

乾 하늘, 마를 건 : 乾坤(건곤), 乾德(건덕), 乾命(건명), 乾燥(건조)

坤 땅, 이름 곤 : 坤卦(곤괘), 坤圖(곤도), 坤殿(곤전), 坤方(곤방)

一 한, 오로지, 같을 일 : 一家見(일가견), 一刻(일각), 一念(일념)

擲 던질 척 : 擲柶(척사), 投擲(투척), 擲去(척거)

格物致知(격물치지)

사물의 이치를 연구하여 후천적인 지식을 명확히 함. 즉 낱낱의 사물에
존재하는 마음을 바로잡고 선천적인 양지를 갈고 닦아 지식을 넓힘

사서의 하나인 《대학》은 유교의 교의를 간결하게 체계적으로 서술
한 책으로 그 내용은 세 개의 강령과 여덟 개의 조목으로 요약된다.
그 중 팔조목에 해당되는 '격물(格物)'과 '치지(致知)' 이 두 조목에
대해서는 해설이 없다. 그래서 송대 이후 유학자들 사이에 그 해석을
둘러싸고 여러 설이 나와 있다.

그 중 대표적인 것으로는 송나라 주자의 설과 명나라 왕양명의 설
을 들 수 있는데, 이에 **대적할(格)** 만한 설은 없다.

주자는 세상 **만물(物)**은 모두 한 그루의 나무와 한 포기의 풀에 이
르기까지 각각 '이(理)'를 갖추고 있다. '이'를 하나하나 깊이 연구
해 들어가면 어느 땐가는 확연히 만물의 겉과 속, 그리고 세밀함과
거침을 명확히 알 수가 있다.

격물의 격(格)은 도달한다는 것으로 사물에 도달한다는 뜻이다. 치
지(致知)란 만물이 지닌 이치를 추구하는 궁리와 같은 뜻으로 세상
사물에 이르고 이치의 추궁으로부터 지식을 쌓아 올려 아는 것을 다
스린다는 것이다. 또 다른 설로는 왕양명이 주장한 설이 있는데, 주
자의 견해와 달리 격을 '물리치다'로, 물을 물욕의 외물로 보았다.
그러므로 격물의 '격'이란 '바로잡는다'이며 '물'이란 외부 세계의

사물이 아니라 사람의 마음이 향하고 있는 대상을 가리키는 것이므로 '사(섬김)'를 바로잡고 마음을 바로잡는 것이 '격물(格物)'이다. 악을 떠나 마음을 바로잡음으로써 사람은 마음속에 선천적으로 갖추어진 양지, 즉 배우지 않고 **알(知)** 수 있는 타고난 지능을 명확히 할 수가 있다. 이것이 지를 **이루는(致)** 것이며 '치지(致知)'라고 했다.

格 격식, 이를, 대적할 격, 그칠 각 : 格式(격식), 格鬪(격투), 沮格(저각)

物 만물 물 : 物色(물색), 物質(물질), 事物(사물), 人物(인물)

致 이룰, 다할, 드릴, 부를 치 : 致命傷(치명상), 致賀(치하), 一致(일치)

知 알, 주장할 지 : 知覺(지각), 知能(지능), 知照(지조), 諒知(양지)

犬兎之爭(견토지쟁)

**개와 토끼와의 다툼이란 뜻으로 양자의 다툼에 제삼자가
힘들이지 않고 이익을 얻는다는 뜻**

전국시대, 제나라 왕이 위나라를 치려고 하자 순우곤이 엎드려 진언했다.

"한자로라는 매우 발빠른 명견이 동곽준이라는 재빠른 토끼를 뒤쫓았습니다. 그 **개(犬)**와 **토끼(兎)**는 수십 리에 이르는 산기슭을 세 바퀴 돈 다음 가파른 산꼭대기까지 다섯 번이나 오르락내리락 하는 바람에 둘 다 지쳐 쓰러져 죽고 말았습니다. 이 때 그것을 발견한 농부는 힘들이지 않고 그 둘을 한꺼번에 얻는 이득을 보게 되었습니다. 지금 제나라와 위나라는 오랫동안 서로 **다투는(爭)** 바람에 군사와 백성들이 지쳐 사기가 떨어진 상태입니다. 이런 상태에서 위나라를 치게 되면 이를 계기로 서쪽의 진나라나 남쪽**의(之)** 초나라가 농부처럼 횡재를 얻게 되지 않을까 걱정이 됩니다."

이 말에 수긍한 제왕은 위나라를 공격하지 않고 오직 부국강병(富國强兵)에만 힘을 썼다.

- 출전 《전국책》〈제책〉 -

犬 개 견 : 忠犬(충견), 鬪犬(투견), 犬猿之間(견원지간)

兎 토끼, 달 토 : 兎脣(토순), 兎影(토영), 烏兎(오토), 玉兎(옥토)

之 갈, ~의, 이 지 : 之東之西(지동지서), 人之常情(인지상정), 論之(논지)

爭 다툴, 간할 쟁/ 정 : 爭取(쟁취), 鬪爭(투쟁), 論爭(논쟁), 戰爭(전쟁)

結草報恩 (결초보은)

풀을 엮어서 은혜를 갚는다. 즉 죽어서도 은혜를 잊지 않고 갚는다는 뜻

춘추시대 진나라에 위무자라는 사람이 있었다. 그에게는 젊은 첩이 있었으나 그 사이에 자식은 두지 않았다. 그래서 위무자는 병이 들자 본처의 아들인 과를 불러 말했다.

"반드시 다른 곳으로 시집보내도록 해라."

그러나 병이 악화되자 이번에는 "죽여서 함께 묻어 달라."고 말했다. 아버지가 돌아가시자 위과는 "병이 심해질 때에는 정신이 혼미해지기 마련입니다. 나는 병세가 악화되기 전 맑은 정신 때의 아버님 말씀에 따르는 것입니다." 하고 그녀를 다른 곳으로 개가시켜 주었다.

그 후 선공 15년에 진의 환공이 전쟁을 일으켜 군대를 보씨에 주둔시켰다. 이 보씨의 싸움에서 위과는 진의 이름난 장수로 있었기 때문에 진나라 두회 장수와 결전을 벌이게 되었지만 역부족이었다. 이 때 한 노인이 두회의 발 앞에 있는 **풀**(草)을 **엮어**(結) 걸려 넘어지게 해서 위과가 두회를 사로잡을 수 있게 했다. 그날 밤 위과의 꿈속에 그 노인이 나타나서 이렇게 말했다.

"나는 그대가 시집보내 준 여인의 아비 되는 사람이오. 그대가 선친의 바른 유언에 따랐기 때문에 내가 **은혜**(恩)를 **갚은**(報) 것입니다."

- 출전 《춘추》〈좌씨전〉-

結 맺을 결 : 結果(결과), 結論(결론), 結氷(결빙), 結晶(결정), 結婚(결혼)

草 풀, 거칠, 초잡을 초 : 草家(초가), 草稿(초고), 草廬(초려), 草案(초안)

報 갚을, 알릴 보 : 報復(보복), 報答(보답), 報道(보도), 報酬(보수)

恩 은혜 은 : 恩功(은공), 恩師(은사), 恩寵(은총), 恩惠(은혜)

敬遠(경원)

존경하되 가까이하지 않음. 즉 존경하는 대상에게
의지하거나 무엇을 해 주기를 바라지 않고 멀리함

춘추시대의 성인 공자에게 어느 날, 제자 가운데 조금 어리석은 번
지라는 제자가 물었다.

"선생님, 지(知)란 무엇입니까?"

공자는 이렇게 대답했다.

"사람은 자신이 해야 할 도리는 자신의 힘으로 다하고자 노력하고
혼령이나 신에 대해서는 **존경(敬)**하되 **멀리(遠)**한다면 이것을 지라
고 할 수 있을 것이다."

- 출전 《논어》〈옹야편〉-

敬 공경할, 삼갈 경 : 敬虔(경건), 敬意(경의), 敬請(경청), 恭敬(공경)
遠 멀, 심오할, 깊을 원 : 遠近(원근), 遠大(원대), 遠征(원정), 深遠(심원)

鷄口牛後 (계구우후)

닭의 부리가 될지언정 소의 꼬리는 되지 말라는 뜻으로,
대집단의 말단보다는 소집단의 우두머리가 되라는 뜻

전국시대 중엽, 소진이라는 사람이 있었다. 그는 당시 최강국인 진나라의 동진 정책이 두려워 어찌할 바를 몰라 하고 있는 한, 위, 조, 연, 제, 초 여섯 나라를 순방하고 다녔다. 진나라와 조나라에선 환영받지 못하던 소진은 한나라 선혜왕을 알현하고 이렇게 말했다.

"전하, 한나라는 토지가 비옥하고, 성곽은 견고한데다 군사도 용맹하고 훌륭한 무기도 갖추고 있습니다. 그런데 싸우지도 않고 진나라를 섬긴다면 천하의 웃음거리가 될 것입니다. 게다가 진나라가 요구하는 땅을 주면 그들은 한 치의 땅도 남겨 놓지 않고 계속 국토의 할양을 요구할 것입니다. 이 기회에 이웃의 여섯 나라가 힘을 합쳐 진나라의 침략을 막고 국토를 보존하십시오. 옛말에 차라리 **닭**(鷄)의 **부리**(口)가 될지언정 **소**(牛)의 **꼬리**(後)는 되지 말라는 말도 있지 않습니까."

선혜왕은 소진의 말에 전적으로 찬동했다. 이런 식으로 여섯 나라의 군왕을 설득하는 데 성공한 소진은 마침내 여섯 나라의 재상을 겸임하는 대정치가가 되었다.

- 출전 《사기》〈소진열전〉-

鷄 닭 계 : 鷄冠(계관), 鷄口(계구), 鷄卵(계란), 養鷄(양계)

口 입 구 : 口頭(구두), 食口(식구), 人口(인구), 入口(입구)

牛 소 우 : 牛乳(우유), 牛耳(우이), 牛步(우보), 牽牛(견우)

後 뒤 후 : 後援(후원), 後進(후진), 後悔(후회), 後患(후환), 落後(낙후)

鷄群一鶴(계군일학)

닭의 무리 속에 한 마리의 학이라는 뜻으로,
여러 평범한 사람들 가운데 뛰어난 한 사람이 섞여 있음

죽림칠현 중 위나라 때 중산대부로 있던 혜강이 억울한 죄를 뒤집
어쓰고 처형당했다. 그때 혜강에게는 나이 열 살밖에 안되는 어린 아
들 혜소가 있었다. 어린 혜소는 아버지를 열 살 때 잃고 홀어머니와
살았다. 장성해진 혜소를 중신 산도가 그를 무제에게 천거하였다.

"폐하, 《서경》의 〈강고편〉에는 아비의 죄는 그 아들에게 미치지 않
음이며, 아들의 죄는 그 아비에게 미치지 않는다고 기록되어 있습니
다. 혜소가 비록 혜강의 아들이긴 하오나 총명함이 뛰어나니 그를 비
서랑으로 기용해 주십시오."

"그대가 추천할 만한 사람이라면 비서승이라도 능히 감당할 것이오."
라고 말하면서 비서랑보다 한 단계 높은 비서승에 임명되었다.

혜소가 처음 입궐하던 날, 어떤 사람이 칠현의 한 사람인 왕융에게
이렇게 말했다고 한다.

"어제 구름처럼 많이 모인 **군중(群)** 속에서 혜소를 처음 보았습니
다만, 그의 드높은 혈기와 기개는 마치 **닭(鷄)**의 무리 속에 있는 **한**
(一) 마리의 **학(鶴)**과 같더군요."

그 말은 들은 왕융이 대답하기를 "그것은 자네가 그의 부친을 본
적이 없기 때문이지만 그는 혜소보다 훨씬 더 늠름했다네."

-출전 《진서》〈혜소전〉-

단연
돋보이는
인물이
군요!

鷄 닭 계 : 鷄湯(계탕), 鷄林(계림), 鷄鳴(계명)

群 무리 군 : 群像(군상), 群衆(군중), 拔群(발군), 魚群(어군)

一 한, 온통, 혹시 일 : 一長一短(일장일단), 一進一退(일진일퇴), 一位(일위)

鶴 두루미 학 : 鶴髮(학발), 鶴首苦待(학수고대), 白鶴(백학)

鷄肋 (계륵)

먹자니 먹을 것이 별로 없고 버리자니 아까운 닭갈비란 뜻으로
큰 소용은 없으나 버리기에는 아까운 사물을 이르는 말로서,
이러지도 저러지도 못하는 난처한 상황을 뜻함

후한 말 위나라 왕인 조조와 유비가 한중 땅을 차지하기 위해 싸움을 벌이게 되었다. 유비는 제갈량의 지혜로 익주를 근거지로 요소 요소에 군사들을 배치하여 한중을 평정하고 있었으나 조조는 사전에 준비가 없었기 때문에 군대 내부 질서도 문란한데다 배가 고파 도망치는 군사가 속출해서 전투하는 데 많은 어려움이 따랐다. 더군다나 보급 또한 충분하지 못하여 유비의 군대를 공격할 수도 그대로 지키고 있기도 어려운 형편이었다.

조조가 결정을 내리지 못하고 있던 어느 날, 부하 한 사람이 후퇴 여부를 묻기 위해 찾아왔는데, 마침 조조는 뜯고 있던 닭(鷄)갈비만 들었다 놓았다 할 뿐이었다. 하지만 아무도 그 뜻을 알아차리지 못해 당황하고 있는데, 양수라는 부하가 이르기를 "닭갈비(肋)는 먹자니 먹을 게 별로 없지만 버리기에는 아까운 것이다. 결국 한중을 포기하기는 아깝지만 그렇다고 중요하게 생각하시는 것 같지는 않다. 아마도 철수를 결정하실 것이다."라고 조조의 생각을 미리 짐작했다.

다음날 양수의 말대로 조조는 한중에서 군대를 철수시켰다.

- 출전 《후한서》〈양수전〉-

鷄 닭 계 : 鷄鳴狗盜(계명구도), 鷄肥(계비), 鷄眼(계안)

肋 갈빗대 륵 : 肋間(늑간), 肋骨(늑골), 肋膜炎(늑막염), 肋木(늑목)

鼓腹擊壤(고복격양)

배를 두드리고 발을 구르며 흥겨워한다는 뜻으로
백성들이 그처럼 태평할 만큼 시절이 평화스럽다는 뜻

중국에 오래 전에 천하의 성군으로 이름난 요 임금이 나라를 다스린 지 50년이 지났다. 매일 매일을 태평스럽게 보냈지만 요 임금은 백성들이 정말 태평하게 지내고 있는지 궁금하여 미복을 하고 민정을 살펴보러 나갔다.

그러던 중 어느 마을에 도착하자, 아이들이 **북치며(鼓)** 노래를 부르고 있었다.

"우리가 이처럼 잘 살아가는 것은 모두가 임금님의 덕이 아닌 것이 없네. 우리는 아는 것이 없지만 임금님이 정하시는 대로 임금을 따르며 살고 있네."

마음이 흐뭇해진 요 임금은 어느새 마을 끝까지 걸어갔다. 그 곳에는 머리가 하얀 노인이 손으로는 **배(腹)**를 두드리고 발은 **땅(壤)**을 **치며(擊)** 흥겹게 노래를 부르고 있었다.

"해가 뜨면 일하고 해가 지면 쉬네. 밭은 경작해서 먹고 우물을 파서 마시니 임금님의 힘이 나에게 무슨 소용인가."

이 노래를 들은 요 임금은 매우 흡족해 했다.

백성들이 통치의 힘을 느끼지 않으면서 아무 불만 없이 흥겹게 지내는 모습을 보고, 그야말로 정치가 잘 되고 있다는 증거로 생각하고 즐거운 마음으로 궁궐로 돌아갔다.

- 출전 《십팔사략》〈제요편〉, 《악부시집》〈격양가〉-

鼓 북, 북칠 고 : 鼓角(고각), 鼓動(고동), 鼓舞(고무), 鼓笛隊(고적대)

腹 배 복 : 腹膜炎(복막염), 腹痛(복통), 腹背(복배), 心腹(심복)

擊 칠, 눈 마주칠 격 : 擊滅(격멸), 擊破(격파), 目擊(목격), 攻擊(공격)

壤 흙, 땅 양 : 壤土(양토), 天壤之差(천양지차), 天壤之判(천양지판)

高枕安眠(고침안면)

베개를 높이 하여 편히 잘 잔다는 뜻으로
아무 근심 없이 안심하고 편히 잘 수 있는 상태를 뜻함

전국시대 때 소진과 장의는 종횡가로 유명했다. 소진은 한, 위, 조, 연, 제, 초 여섯 나라가 동맹하여 진나라에 대항하자는 합종을, 장의는 여섯 나라가 진나라와 손잡는 것이지만 사실은 진나라에 복종하는 연횡을 주장하였다. 소진은 합종을 이루어 여섯 나라의 재상을 겸하게 되었으나, 소진보다 악랄했던 장의는 무력으로 이웃 나라를 압박했다. 장의는 자신이 직접 진나라 군사를 이끌고 위나라를 침략했다. 그 후 위나라의 재상이 된 장의는 진나라를 위해 위나라 애왕에게 합종을 탈퇴하고 연횡에 따를 것을 권했으나 수용하지 않았다. 그러나 진나라는 본보기로 한나라를 공격해 8만 명의 군사를 죽였다.

이 소식을 전해들은 애왕은 불안으로 잠 못 이루고 있는데, 이 때를 놓치지 않고 장의는 왕에게 말했다.

"전하, 위나라는 국토도 좁고 군사도 30만밖에 안 됩니다. 사방의 어떤 나라와 연합한다 하더라도 또 다른 나라의 원한을 살 수 있습니다. 만약 진나라를 섬겨 초나라와 한나라가 쳐들어오지 않는다면 전하께서는 **베개(枕)**를 **높이(高)** 하여 **편히(安)** 잘 **주무실(眠)** 수 있으실 것이고 나라도 아무런 걱정이 없을 것입니다."

결국 애왕은 합종을 탈퇴했다.

이 후 진나라는 장의로 하여금 다섯 나라를 차례로 방문, 설득하여 합종을 와해시키고, 위나라를 포함한 여섯 나라를 멸망시켰다.

- 출전 《전국책》〈위책 애왕〉, 《사기》〈장의열전〉 -

高 높을, 비쌀, 뛰어날 고 : 高價(고가), 高架道路(고가도로), 高見(고견)

枕 베개 침 : 枕頭(침두), 枕上(침상), 木枕(목침)

安 편안할 안 : 安否(안부), 慰安(위안), 安息(안식), 安貧樂道(안빈낙도)

眠 잠잘, 쉴 면 : 眠食(면식), 冬眠(동면), 安眠(안면), 睡眠(수면)

曲學阿世 (곡학아세)

학문을 굽혀 세속에 아첨한다는 뜻으로,
자신의 신조나 소신에 따르지 않고 세상 사람에게 아첨한다는 뜻

경제라는 한나라 6대 황제는 자신이 즉위하자, 천하의 어진 선비를 찾다가 산둥에 사는 원고생이라는 시인을 등용하기로 했다.

당시 원고생은 90세의 고령임에도 불구하고 직언을 하는 대쪽 같은 선비로, 사이비 학자들은 원고생을 중상 모략하는 상소를 올려 그의 등용을 극구 반대하였다. 하지만 경제 황제는 원고생을 청하왕의 태부로 임명하였다.

이 때 함께 등용된 공손홍이라는 소장 학자 역시 그를 늙은이라고 깔보고 무시했지만 원고생은 전혀 개의치 않고 공손홍에게 이렇게 말했다.

"지금 학문의 바른 도리가 어지러워져서 속설이 유행하고 있다네. 이대로 그냥 내버려두면 유서 깊은 학문의 전통은 결국 사이비 속설로 인해 그 본연의 모습을 잃고 말 것이 자명하네. 자네는 다행히 아직 젊고 또한 학문을 좋아하는 선비라고 들었네. 그러니 부디 올바른 학문을 열심히 **배우고(學)** 닦아 세상에 널리 전파하길 바라네. 결코 자신이 믿는 학설을 **굽히어(曲)** 이 **세상(世)** 속물들에게 **아첨하는 (阿)** 일이 있어서는 안될 것이네."

이 말을 들은 공손홍은 절조를 굽히지 않는 고매한 인격과 높은 학

40

식에 감복하여, 공손홍은 원고생에게 지난날 자신의 무례함에 대해
용서를 빌고 원고생의 제자가 되었다.

- 출전 《사기》〈유림전〉-

曲 굽을, 악곡, 재미있는 재주 곡 : 曲線(곡선), 曲藝(곡예), 曲調(곡조)
學 배울, 학문, 학교 학 : 學問(학문), 學說(학설), 學窓(학창), 碩學(석학)
阿 아첨할, 언덕, 아름다울 아 : 阿丘(아구), 阿附(아부), 阿鼻叫喚(아비규환)
世 세상, 세대, 말 세 : 世代(세대), 俗世(속세), 世子(세자), 世上(세상)

空中樓閣(공중누각)

공중에 떠 있는 누각이라는 뜻으로, 현실성이 없는 일이거나 내용이 없는
이야기, 또는 허무하게 사라지는 신기루를 뜻함

송나라 때의 심괄이라는 학자가 「몽계필담」이라는 박물지 **사이**
(中)에 다음과 같은 글을 썼다.

"등주는 사면이 바다에 둘러싸여 있는데 봄부터 여름에는 멀리 수
평선 위로 누각들이 줄을 이은 도시가 보인다. 그래서 이 고장 사람
들은 이것을 해시라고 한다(登州四面臨海 春夏時遙見空際有城市樓
臺之狀 土人謂之海市)."

그 후 적호라는 청나라 학자는 자신의 저서 「통속편」에서 심괄의
글에 대해서 다음과 같이 기록되어 있다.

"지금 말과 행동이 허구에 찬 사람을 일컬어 **공중(空)누각(閣)**이라
고 하는 것은 이 일을 인용하여 말한 것이다(今稱言行虛構者 曰空中
樓閣 用此事)."

空 빌, 공중, 부질없을 공 : 空間(공간), 空軍(공군), 空想(공상)
中 가운데, 사이, 맞을 중 : 中央(중앙), 百發百中(백발백중), 的中(적중)
樓 다락 루 : 樓上(누상), 望樓(망루), 砂上樓閣(사상누각)
閣 누각, 선반, 내각 각 : 閣僚(각료), 閣下(각하), 殿閣(전각)

過猶不及 (과유불급)

정도가 지나친 것은 모자라는 것과 같다는 뜻임

공자의 제자 자공이 어느 날 공자에게 물었다.

"스승님, 자장과 자하 중 어느 쪽이 더 현명합니까?"

공자가 말하기를, "자장은 매사에 지나친 면이 있고, 자하는 부족한 점이 많은 것 같다."

"그렇다면 자장이 더 나은 건가요?" 하고 자장이 다시 묻자, 공자는 이렇게 대답했다.

"그렇지 않다. **지나침**(過)은 **미치지**(及) **못하는**(不) 것과 **같다**(猶)."

- 출전 《논어》〈선진편〉-

過 지나칠, 건널, 허물 과 : 過去(과거), 過勞(과로), 過誤(과오), 過程(과정)

猶 같을, 오히려, 머뭇거릴 유 : 猶子(유자), 猶豫(유예), 猶父(유부)

不 아니, 못할, 없을 불/부 : 不當(부당), 不在(부재), 不可(불가), 不義(불의)

及 미칠, 이를 급 : 及其也(급기야), 及第(급제), 普及(보급), 言及(언급)

瓜田李下 (과전이하)

오이 밭에서는 신을 고쳐 신지 말고, 오얏나무 아래서 갓을 고쳐 쓰지 말라는
뜻으로, 애초부터 의심받을 행동은 하지 말라는 뜻임

전국시대 제나라 위왕 때의 일이다. 왕으로 즉위한 지 9년이 되었
지만 간신 주파호가 국정을 제멋대로 휘둘러 나라가 어지러웠다.

이를 보다 못한 후궁 우희가 위왕에게 "전하, 주파호는 속이 검은
사람이니 그를 내치시고 북곽 선생과 같은 어진 선비를 등용하십시
오."라고 진언을 하였다.

이것을 알게 된 주파호는 우희와 북곽 선생이 오래 전부터 서로 사
랑하는 사이라고 모함했다.

이 소식을 듣게 된 위왕은 우희를 옥에 가두고 철저히 조사하라 명
했으나, 주파호에게 이미 매수된 관원은 억지로 죄를 꾸몄다. 그러나
조사 방법이 이상하다고 여긴 위왕은 우희를 불러 직접 물어 보았다.
그러자 우희는 이렇게 대답했다.

"전하, 저는 지난 10년 동안 오직 한마음으로 전하를 모셨으나 불
행하게도 간신들의 모함에 빠지게 되었습니다. 저의 결백은 푸른 하
늘에 해와 같이 명백합니다. 저에게 죄가 있다면 **오이(瓜) 밭(田)**에서
신을 고쳐 신지 말고, **오얏(李)**나무 **아래(下)**에서 갓을 고쳐 쓰지 말
라는 교훈을 잊고, 의심받을 일을 피하지 못했다는 점과 제가 옥에
갇혀 있는데도 어느 하나 변명해 주는 사람이 없었다는 저의 부덕한

탓입니다. 이제 저에게 죽음을 내리신다 해도 더 이상 변명하지 않겠습니다. 다만 주파호와 같은 간신만 부디 내쳐 주십시오."

우희의 충심어린 호소에 위왕은 자신의 잘못을 깨닫고 주파호 일당을 죽이고 어지러운 나라를 바로잡았다.

- 출전 《열녀전》-

瓜 오이 과 : 瓜年(과년), 瓜時(과시), 瓜菜(과채), 破瓜(파과)

田 밭, 사냥할 전 : 田畓(전답), 田獵(전렵), 田園(전원), 田地(전지)

李 오얏, 행장 리 : 李下不整冠(이하부정관), 桃李(도리), 行李(행리)

下 아래, 내릴 하 : 下落(하락), 下剋上(하극상), 閣下(각하), 落下傘(낙하산)

管鮑之交 (관포지교)

관중과 포숙아의 우정처럼 서로 믿고 이해하는 친밀하고
두터운 우정이나 교우 관계를 뜻함

춘추시대 초엽, 재나라에 관중(管仲)과 포숙아(鮑淑牙)라는 두 관리가 있었다. 이들은 죽마고우로 둘도 없는 친구 사이였다.

관중과 포숙아는 젊어서 장사를 함께 했었다. 그런데 이익금을 나누는데 늘 관중이 많은 몫을 차지했다. 그러나 포숙아는 그를 욕심쟁이로 여기지 않았다. 관중의 집안이 **절인 어물(鮑)**을 먹지 못할 만큼 가난하다는 걸 알고 있었기 때문이다. 또 관중이 포숙아를 위해서 사업을 할 때에 여러 번 실패하여 포숙아를 궁지에 빠뜨렸지만 그는 관중을 어리석고 변변치 못하다고 여기지 않았다. 일에는 유리한 때와 불리한 때가 있음을 알았기 때문이다. 관중이 세 번 벼슬하고 세 번 모두 임금에게 쫓겨났지만 포숙아는 관중이 무능하다고 하지 않았다. 단지 관중이 아직 때를 만나지 못한 것을 알았기 때문이다. 어디 그 뿐인가. 전쟁터에서도 관중이 여러 번 도망쳤지만 포숙아는 그를 겁쟁이라고 말하지 않았다. 관중에게는 모셔야 할 늙은 어머니가 계시다는 걸 알고 있었기 때문이었다.

그 후 제나라에 내란이 일어나 관중이 모시고 있던 규와 포숙아가 모시던 소백이 왕권을 놓고 다투게 되었는데, 이 싸움에서 포숙아가 모시던 소백이 승리하였으니 그가 바로 제나라 환공이다. 환공은 왕위에 오른 후 규를 죽이고, 관중을 죽이려 하자 포숙아는 이렇게 진언했다.

"전하, 한 나라만 **다스리는(管)** 것으로 만족하신다면 저만으로도 충분할 것입니다. 하지만 천하를 다스리는 군주가 되고자 하신다면 관중을 기용하십시오."

도량이 넓고 식견이 높았던 환공은 신뢰하는 포숙아의 진언을 받아들여 관중을 용서해 주고 재상에 임명하였다. 관중은 재상이 된 후 환궁을 도와 천하를 제패하였다.

관중의 정치적인 성공은 환공의 관용과 재능이 한데 어우러진 결과였지만 그 출발은 역시 관중에 대한 포숙아**의(之)** 돈독한 이해와 우정이 바탕이 된 **사귐(交)**에서 비롯되어 제나라를 부국강병한 국가로 만들어 천하에 이름을 알릴 수 있게 하였던 것이다. 그래서 관중은 훗날 포숙아에 대한 마음을 이렇게 이야기했다.

"나를 낳아 준 분은 부모님이시지만, 나를 알아준 사람은 포숙아이다."

- 출전《사기》〈관중렬전〉-

管 피리, 다스릴 관 : 管理(관리), 管制(관제), 管絃樂(관현악)
鮑 절인어물 포 : 鮑魚之肆(포어지수), 鮑尺(포척)
之 갈, 이, ~의 지 : 之東之西(지동지수), 論之(논지), 人之常情(인지상정)
交 사귈, 섞일, 바꿀 교 : 交錯(교착), 交易(교역), 修交(수교)

刮目相對 (괄목상대)

눈을 비비고 상대를 대하여 본다는 뜻으로,
학식이나 재주가 전에 비하여 몰라볼 정도로 발전한 경우에 일컬음

 삼국시대 초, 오나라 왕 손권의 부하 여몽이라는 장수가 있었다. 그는 무식한 사람이었으나 전쟁에서 많은 공을 쌓아 장군이 되었다. 어느 날 손권이 여몽을 불러 말하기를, "자네가 좀 더 훌륭한 장군이 되기 위해서는 공부를 게을리하면 안될 것이네."라고 충고를 했다. 이 말을 들은 여몽은 전쟁터에서도 책을 놓지 않고 학문에 정진했다. 몇 년 후 중신 가운데 가장 유식한 재상 노숙이 여몽을 찾아왔다. 여몽과는 막역한 사이였던 노숙은 대화를 나누다가 여몽이 너무나 박식해진 데 매우 놀라면서 그의 학문적 깊이를 칭찬하자, 여몽은 이렇게 대답했다.

 "무릇 선비란 헤어진 지 사흘이 지나 다시 만나면 **눈(目)**을 **비비고(刮)** 다시 **대하고(對) 볼(相)** 정도로 달라져야 하는 법이라네."

- 출전 《삼국지》〈오지 여몽전주〉-

刮 비빌, 깎을 괄 : 刮摩(괄마), 刮目(괄목)

目 눈, 볼, 제목, 요점 목 : 目擊(목격), 目錄(목록), 目標(목표), 要目(요목)

相 서로, 볼, 도울, 모양, 재상 상 : 相逢(상봉), 觀相(관상), 樣相(양상)

對 대답할, 상대 대 : 對答(대답), 對備(대비), 反對(반대), 相對(상대)

巧言令色 (교언영색)

교묘한 말로 남에게 일을 하게 하는 얼굴빛이라는 뜻으로,
남의 환심을 사기 위해 교묘한 말과 보기 좋게 꾸미는 얼굴 표정을 일컬음

공자는 아첨을 일삼는 소인배들에 대해 《논어》〈학이편〉에서 이렇게 말하고 있다.

"교언영색 선의인"이라 해서, **말(言)**재주가 **교묘하고(巧) 얼굴(色)** 표정을 보기 좋게 **꾸미는(令)** 사람 중에 어진 사람은 거의 없다라고 했으며, 〈자로편〉에서는 말을 바꿔 "강의목눌 근인"이라고 하여 의지가 굳고 용기가 있으며 꾸밈이 없고 말수가 적은 사람은 인을 갖춘 군자에 가깝다고 하였다. 하지만 이런 사람이 인 그 자체는 아니라며 〈옹야편〉에 이르기를, "문질빈빈 연후군자"라 했다. 문과 질이 잘 어울려 조화를 이루어야 진정한 군자라는 뜻이다.

- 출전 《논어》〈학이편〉-

巧 공교로울, 교묘할 교 : 巧妙(교묘), 巧拙(교졸), 工巧(공교)

言 말씀 언 : 言及(언급), 言論(언론), 言語(언어), 甘言(감언), 言明(언명)

令 명령할, 법률, 하여금 령 : 命令(명령), 令夫人(영부인), 法令(법령)

色 빛, 낯 색 : 色感(색감), 色彩(색채), 女色(여색), 好色(호색), 色盲(색맹)

口蜜腹劍(구밀복검)

입안에는 꿀을 담고 뱃속에는 칼을 지녔다는 뜻으로,
말로는 친한 척하지만 마음속으로는 해칠 생각을 지녔다는 뜻임

중국 당나라 현종 때 이림보라는 재상이 있었는데, 그는 전형적인 궁중 정치가로 환관과 후궁들의 환심을 사기 위해 뇌물을 바치는 한편 현종에게 아첨하여 재상까지 올랐다. 그리고 양귀비에게 빠져 나라의 일은 멀리하는 현종을 부추기어 조정을 자기 마음대로 하였다. 따라서 이림보에게 바른 말을 하는 충신이나 자신의 권위에 위협적인 신하가 있다면 가차없이 제거했다. 그런데 그가 정적을 제거할 때는 먼저 상대방에게 한껏 칭찬을 한 뒤 뒤통수를 치는 방법을 썼기에 모든 벼슬아치들은 그를 두려워하며 이렇게 말했다.

"이림보는 **입(口)**으로는 **꿀(蜜)** 같은 단 말을 하지만 **뱃(腹)**속에는 무서운 **칼(劍)**을 품고 있다."

- 출전 《신당서》-

口 입, 말할, 어귀, 인구 구 : 口腔(구강), 洞口(동구)
蜜 꿀 밀 : 蜜腺(밀선), 蜜語(밀어), 蜜月(밀월), 蜂蜜(봉밀)
腹 배 복 : 腹膜炎(복막염), 腹案(복안), 腹痛(복통), 心腹(심복)
劍 칼 검 : 劍客(검객), 劍舞(검무), 劍術(검술), 短劍(단검)

九牛一毛(구우일모)

아홉 마리의 소 가운데서 뽑은 한 개의 털이라는 뜻으로,
많은 것 중에서 극히 적은 것이라는 뜻임

　한나라 7대 황제인 무제 때 이릉 장군은 5천 명의 군사를 이끌고
흉노족을 정벌하러 나갔으나, 결국 수적인 열세로 초반 10여일간 잘
싸우다 패하고 말았다. 그런데 그 다음해에 용감히 싸우다 전사한 줄
만 알았던 이릉이 흉노에게 투항하여 후대를 받고 있다는 사실이 밝
혀졌다. 이를 안 무제 황제는 크게 노하여 이릉의 일족을 참형에 처
하라고 엄명을 내렸으나, 어느 한 사람도 이릉을 위해 변론하지 않았다.

　사마천은 평소에 목숨을 바쳐서라도 나라를 위해 용감히 싸울 장군
이라고 굳게 믿고 있는 터라 변호하는 사람이 없는 것에 대해 분개하
여 무제에게 아뢰기를, "전하, 황공하오나 이릉은 적은 군대를 이끌
고 수만 명의 오랑캐 병사들과 싸워 그들을 놀라게 하였습니다. 하지
만 군사는 지원이 안되고 아군 속에 배신자까지 있었기에 어쩔 수 없
이 패전한 것으로 생각됩니다. 그렇지만 끝까지 병사들과 고통을 함
께 한 이릉 장군은 역량을 최대한 발휘한 명장이라 해도 과언이 아닐
것입니다. 또한 그가 흉노에 투항한 것은 필시 훗날을 기약할 기회를
얻고자 한 임시 책략으로 사료되오니, 전하께서는 이릉의 공을 온 세
상에 널리 알리시는 것이 옳을 듯합니다."

　이 말을 들은 한무제는 크게 노하여 사마천을 옥에 가두고 남성의

생식기를 잘라 없애는 중형에 처했다. 사람들은 이를 가리켜 '이릉의 화'라 일컬었다.

사마천은 이 일을 친구 '임안에게 알리는 글'에서 '최하급의 치욕'이라고 적고 비통한 심정을 이렇게 썼다.

"내가 전하의 명에 따라 사형을 받는다 해도 그것은 한낱 **아홉(九)** 마리의 **소(牛)** 중에서 **터럭(毛) 하나(一)** 없어지는 것과 같다네. 나와 같은 존재는 땅강아지나 개미와 같은 미물과 다를 것이 무엇이겠나? 또한 내가 죽는다 해도 세상 사람들은 절개를 위해 죽었다고 생각하기는커녕 나쁜 말을 하다가 큰 죄를 지어 어리석게 죽었다고 여길 것이네."

- 출전 《한서》〈보임안서〉, 《문선》〈사마천 보임소경선〉-

九 아홉, 많을 구 : 九日(구일), 九死一生(구사일생), 九重宮闕(구중궁궐)

牛 소 우 : 牛步(우보), 牛乳(우유), 牛耳讀經(우이독경), 牽牛(견우)

一 한, 오로지, 같을, 온통, 혹시 일 : 一等(일등), 一律(일률), 一變(일변)

毛 털, 가벼울, 식물 모 : 毛髮(모발), 毛細管(모세관), 不毛地(불모지)

國士無雙(국사무쌍)

나라 안에 견줄 만한 자가 없는 인재라는 뜻으로, 가장 뛰어난 인물을 일컬음

항우와 유방에 의해 진나라가 멸망한 한왕 원년의 일이다. 당시 한나라에는 한신이라는 장수가 있었다. 처음에 그는 초나라 군대에 속해 있었으나, 많은 군략을 항우에게 제안해도 받아주지 않자 실망하여 초나라 군대를 나와 한군에 투신하였다. 그 후 한신은 재능을 인정받게 되었고, 승상인 소하와도 자주 만났다. 그래서 한신이 비범한 인물이라는 것을 안 소하는 큰 기대를 걸고 있었다.

그 무렵, 한군은 고향을 멀리 떠나 있기에 향수에 젖어 도망치는 장병이 날로 늘어나 사기가 저하되어 말이 아니었다. 그 도망가는 병사 중에서 한신도 끼어 있다는 보고를 받은 소하는 황급히 말을 타고 그를 쫓아갔다. 이를 본 장수가 소하도 도망가는 줄 알고 유방에게 고하자, 유방은 크게 실망했으며 노여움 또한 그만큼 컸다. 그러나 이틀 후에 소하가 돌아왔다. 유방은 말할 수 없이 기뻤지만 화난 얼굴로 도망친 이유를 물어 보았다.

"승상이란 자가 도망을 치다니, 도대체 어찌 된 일이요?"

"전하, 저는 도망친 것이 아니오라, 도망친 자를 잡으러 갔던 것입니다."

"오, 그래? 그럼 누가 도망쳤단 말인가?"

"예, 한신이라는 자입니다."

"뭐라고? 한신, 그자란 말인가! 그런데 자네는 여태까지 도망친 장수들이 수십 명이 있었으나 한 명도 뒤쫓은 적이 없었는데, 어찌하여 이번에는 그를 뒤쫓았는가?"

"지금까지 도망친 장수들은 얼마든지 다시 얻을 수 있으나, 한신은 실로 **나라**(國) 안의 **병사**(士)로 **둘**(雙)이 **없을**(無) 정도로 뛰어난 인물입니다. 만일 전하께서 지금의 땅만으로 만족하신다면 한신이란 인물은 필요가 없습니다. 그러나 동방으로 진출하여 천하를 손에 넣으시겠다면 군략을 함께 도모할 자는 한신 이외에는 없다고 생각합니다."

그리하여 한신은 대장군이 되었고, 자신의 기량을 한껏 발휘할 수 있는 출발점에 서게 된 것이었다.

- 출전 《사기》〈항음후열전〉-

國 나라 국 : 國家(국가), 國是(국시), 國政監査(국정감사), 愛國(애국)

士 선비, 벼슬, 병사 사 : 士農工商(사농공상), 士大夫(사대부), 壯士(장사)

無 없을 무 : 無窮(무궁), 無聊(무료), 無名(무명), 無常(무상), 無顔(무안)

雙 쌍, 둘 쌍 : 雙肩(쌍견), 雙曲線(쌍곡선), 雙璧(쌍벽)

群盲撫象 (군맹무상)

소경 무리들이 코끼리를 어루만진다는 뜻으로, 평범한 사람은 모든 사물을
자기 주관대로 판단하거나 그 일부밖에 파악하지 못함이나 좁은 식견을 말함

인도의 경면왕이 어느 날 맹인들에게 코끼리라는 동물을 가르쳐 주기 위해 그들을 궁중으로 불러모아 놓고, 신하를 시켜 코끼리를 끌고 오게 한 다음 맹인들에게 만져 보라고 했다. 그리고 난 후 경면왕은 소경들에게 물어 보았다.

"이제 코끼리가 어떻게 생겼는지 알았느냐?"

소경(盲)들이 대답하기를, "예, 알았습니다."

"그래! 그럼 어떻게 생겼는지 한 사람씩 말해 보거라."

소경들의 대답은 각기 자기가 만져 본 부위에 따라 다음과 같이 각각 다른 대답이 나왔다.

상아를 만진 맹인은 무와 같다고 했으며, 귀를 만진 맹인은 키와 같다고, 머리를 만진 맹인은 돌과 같다고, 코를 만진 맹인은 절굿공과 같다고, 또 다리를 만진 맹인은 널빤지와 같다고, 배를 만진 맹인은 독과 같다고, 꼬리를 만진 맹인은 새끼줄과 같다고 말했다.

여기에서 코끼리는 석가모니를 비유한 것이고, 맹인들은 중생을 비유한 것이다. 결국, 중생들은 석가모니를 마치 맹인 **무리**(群)들이 **코끼리**(象)를 **어루만지**(撫)는 것처럼 부분적으로만 이해하기에 모든 중생들에게는 석가모니가 각각 따로 존재해야 한다는 것을 말해 주고 있다.

-출전 《열반경》-

群 무리 군 : 群鷄一鶴(군계일학), 群像(군상), 群衆(군중), 拔群(발군)

盲 소경, 무지할, 어두울 맹 : 盲啞(맹아), 盲從(맹종), 文盲(문맹), 色盲(색맹)

撫 어루만질 무 : 撫摩(무마), 撫恤(무휼), 愛撫(애무)

象 코끼리, 형상 상 : 象牙(상아), 象徵(상징), 象形(상형), 現象(현상)

君子三樂 (군자삼락)

군자에게는 세 가지 즐거움이 있다는 말

전국시대, 공자의 사상을 계승 발전시킨 맹자는 《맹자》〈진심편〉에
이렇게 말했다.

"군자(君子)에게는 **세(三)** 가지 **즐거움(樂)**이 있다. 부모님 모두가
살아 계시고 형제자매가 아무 일 없는 것이 첫 번째 즐거움이요, 우
러러 하늘에 한 점 부끄럽지 않고 굽어보아 사람들에게 부끄럽지 않
음이 두 번째 즐거움이요, 천하의 영재를 얻어 그들을 교육하는 것이
세 번째 즐거움이다."

- 출전 《맹자》〈진심편〉-

君 임금, 그대, 군자 군 : 君臨(군림), 郎君(낭군), 夫君(부군)

子 아들 자 : 子孫(자손), 子息(자식), 子弟(자제), 利子(이자)

三 석, 거듭 삼 : 三綱五倫(삼강오륜), 三寒四溫(삼한사온), 再三(재삼)

樂 풍류 악, 즐길 락, 좋아할 요 : 樂譜(악보), 娛樂(오락), 樂山樂水(요산요수)

捲土重來 (권토중래)

흙먼지를 말아 일으키며 다시 온다는 뜻으로,
한 번 실패한 사람이 세력을 회복해서 다시 일어나 세력을 되찾는다는 뜻

초패왕 항우는 군사 8천 명을 이끌고 한나라 왕인 유방과 싸워서
승승장구한 전과를 올렸다. 하지만 마지막 싸움에서 크게 패하여 쫓
기는 신세가 되었다.

유방의 포위망을 가까스로 벗어난 항우는 고향 땅에 들어가려는 순
간 8천 명의 군사를 다 잃고 혼자서 고향으로 돌아갈 생각을 하니, 항
우의 자존심으로는 차마 갈 수가 없어 오강이라는 곳에서 자신의 목
을 찔러 자결하였다. 그 후 천여 년이 지난 어느 날 당대 시인 두목이
이 곳 오강의 나루터에서 항우를 그리워하며 시를 썼는데, 그 내용은
다음과 같다.

"승패는 병가도 기약할 수 없으니, 수치를 접어두고 부끄러움을 참
는 것이 남자이다. 강동의 자제 중에는 뛰어난 인재가 많으니, **흙먼
지(土)를 말아(捲)** 일으키며 **다시(重)** 쳐들어**오는(來)** 것을 아직 알
수 없구나."

두보는 '강동에 있는 아버지와 형에 대한 부끄러움을 참았다면 좋
았을 텐데…… 강동은 원래 호걸이 많은 곳이라, 권토중래할 수 있는
기회가 있을 것을, 31세라는 젊은 나이에 자결을 하다니 참으로 안타
까운 일이다.'라며 젊은 나이에 자결한 항우의 죽음을 몹시 애석해 했다.

- 출전 두목의 시 〈제오강정〉-

58

捲 걷을, 말, 주먹 권 : 捲堂(권당), 捲簾(권렴), 捲線機(권선기)

土 흙, 땅 토 : 土窟(토굴), 土砂(토사), 土着民(토착민), 國土(국토)

重 무거울, 거듭 중 : 重量(중량), 重複(중복), 輕重(경중), 尊重(존중)

來 올, 다가올 래 : 來訪(내방), 來往(내왕), 未來(미래), 將來(장래)

錦上添花(금상·첨화)

비단 옷 위에 꽃을 더 첨가한다는 뜻으로,
좋은 일에 또 좋은 일이 더해진다는 뜻

　　왕안석은 당송 팔대가를 대표하는 시인으로 북송 중기 때 군사비
팽창에 의한 경제적 파탄을 막기 위해 혁신적인 신법을 실시한 정치
적으로도 뛰어난 인물로, 그가 만년에 정계를 떠나 한적한 곳에 은거
해 살 때 지은 시에 다음과 같이 쓰여 있다.

　　"강은 흘러 남원 언덕 서쪽으로 기울고, 바람은 맑은 빛을 가지고
있고 이슬에는 꽃이 피었구나. 문 앞에 있는 버들가지는 옛 도령의
집이요, 우물가의 오동나무는 전날 총지의 집이다. 즐겁고 좋은 모임
에서 술잔에 담긴 술을 비우려 하는데 고운 노랫소리는 마치 **비단
(錦) 옷 위(上)에 꽃(花)을 더하는(添)** 것처럼 흥을 돋우는구나. 문득
무릉도원의 술과 안주를 즐기는 객이 되어 개천 근원엔 응당 붉은 노
을이 적지 않으리."

- 출전 왕안석의 〈즉사〉 -

錦 비단, 아름다울 금 : 錦繡江山(금수강산), 錦鱗(금린), 錦衣還鄉(금의환향)
上 위, 오를 상 : 上京(상경), 上納(상납), 上書(상서), 上下(상하)
添 더할 첨 : 添加(첨가), 添附(첨부), 添削(첨삭), 添設(첨설)
花 꽃, 아름다울, 흐릴 화 : 花壇(화단), 花燭(화촉), 花顏(화안), 開花(개화)

錦衣夜行(금의야행)

비단옷을 입고 밤길에 다닌다는 뜻으로 아무 보람 없는 행동을 비유하거나
출세를 하고도 고향에 돌아가지 않음을 말함

  유방을 죽이려다 때를 놓친 항우는 유방이 지나간 진나라 도읍인
함양이라는 곳에 입성하였다. 항우는 유방과 달리 유방이 살려 둔 진
왕의 자영을 죽이고, 아방궁에 불을 질렀다. 이 불은 3개월이나 계속
되었으며, 미녀들과 어울려 승리를 자축하며 시황제의 무덤도 파헤
치는 파렴치한 일을 벌렸다. 또한 유방이 창고에 봉인해 놓은 많은
양의 금은 보화까지도 모두 차지했다.

  제왕이 된 항우가 이렇듯 분별없이 행동하자, 한생이라는 사람이
간언하기를, "함양은 산과 강이 사방으로 둘러싸여 있는 요충지인데
다 땅도 비옥하니, 이 곳에 도읍을 정하신다면 천하를 제패할 수 있
습니다."라며 항우를 설득했다. 그러나 항우의 눈에는 함양이 황량한
폐허로만 보이므로 한시라도 빨리 고향으로 돌아가 자신의 성공을
과시하고 싶어했다. 항우는 동쪽에 있는 고향 하늘을 바라보며 말했다.

  "부귀를 이루고도 고향으로 돌아가지 않는 것은 **비단(錦) 옷(衣)**을
입고 **밤(夜)**길을 **다니는(行)** 것과 같으니 알아줄 사람이 누가 있겠는가."

  항우의 굳은 의지를 알게 된 한생은 항우 앞을 물러 나오며 이렇게
말했다.

  "초나라 사람은 원숭이에게 옷을 입히고 갓을 씌워 놓은 것처럼 지

혜가 없다고 하더니 과연 그 말이 맞구나."

　이 말을 전해들은 항우는 크게 노하여 한생을 삶아 죽였으나, 한생
이 염려한 대로 항우는 결국 오래가지 못하고 유방에게 천하를 내주
게 되었다.

- 출전 《한서》〈항적전〉, 《사기》〈항우본기〉-

錦 비단, 아름다울 금 : 錦囊(금낭), 錦上添花(금상첨화), 錦衫(금삼)

衣 옷, 옷 입을 의 : 衣冠(의관), 衣類(의류), 衣裳(의상), 衣食住(의식주)

夜 밤 야 : 夜景(야경), 夜勤(야근), 夜學(야학), 夜話(야화)

行 다닐 행, 항렬 항 : 行列(항렬), 行樂(행락), 行路(행로), 行方(행방)

杞人之憂(기인지우)

기나라 사람의 쓸데없는 걱정이라는 뜻으로 쓸데없는 근심을 말함

주왕조 때의(之) 일이다. **기나라(杞)**에 쓸데없는 **걱정(憂)**을 하느라 밤에 잠도 못 자고 음식도 제대로 먹지 못하는 **사람(人)**이 있었다. 그런 모습을 보다 못한 친구가 찾아와 그에게 물었다.

"자네는 어찌하여 잠도 못 자고 음식도 먹지 못하고 있는가?"

"만약 하늘이 무너지거나 땅이 꺼진다면 어디에다 몸을 두어야 할지 몰라서 그렇다네."

이 말을 들은 친구는 그에게 차분한 어조로 말했다.

"하늘은 본래 기가 없는 곳이라네. 단지 기가 쌓여 뭉쳐 있는 것뿐이지. 우리가 몸을 굽히고 숨을 쉬는 것도 다 늘 하늘 안에서 하고 있다네. 그런데 왜 하늘이 무너져 내린단 말인가."

"그렇다면 해와 달과 별은 떨어져 내릴 게 아니겠나?"

"해와 달과 별도 역시 쌓인 기 속에서 빛나고 있다네. 설령 땅에 떨어진다 해도 다칠 걱정은 안해도 된다네."

"그럼 땅은 꺼지지 않겠는가?"

"땅은 단지 흙이 쌓인 것일 뿐이야. 그래서 사방에 흙이 메우고 있어서 우리가 뛰고 구르는 것도 늘 땅 위에서 하고 있다네. 그러니 땅이 꺼질 염려 역시 하지 않아도 된다네."

이 말을 듣고서야 비로소 기뻐하며 안심하였다.

- 출전 《열자》〈천서편〉-

杞 구기자, 버들, 나라이름 기 : 杞柳(기류), 杞憂(기우), 枸杞子(구기자)

人 사람, 인격 인 : 人權(인권), 人民(인민), 人品(인품)

之 갈, 이, ~의 지 : 之東之西(지동지서), 論之(논지), 人之常情(인지상정)

憂 근심 우 : 憂慮(우려), 憂愁(우수), 憂鬱症(우울증), 丁憂(정우)

騎虎之勢(기호지세)

호랑이를 타고 달리는 기세라는 뜻으로
어떤 일을 계획하고 시작한 이상 중도에서 그만둘 수 없다라는 말임

　남북조 말엽 때 북조의 마지막 왕조인 북주의 선제가 죽자, 외척인 양견은 재상에 올라 국사를 총괄했다. 외척이지만 한족이었던 그는 오랑캐인 선비족에게 점령당한 것을 비통하게 여겨 한족의 자존심으로 천하를 회복하겠다는 큰 뜻을 품고 있었던 터였다. 양견이 북주의 왕권을 차지하기 위해 궁중에서 일을 도모하고 있을 때 이 뜻을 알고 있던 아내로부터 전갈이 왔다.

　"이 일은 **호랑이(虎)**를 **타고(騎)** 달리는 **기세(勢)**이므로 도중에서 내릴 수 없는 일입니다. 만약 도중에 내린다면 호랑이에게 잡혀 먹일 것이니 끝까지 함께 가지 않으면 안 됩니다. 부디 목적을 이루도록 하십시오."

　이에 용기를 얻은 양견은 선제의 뒤를 이은 어린 왕 정제를 폐하고 왕의 자리에 올라 스스로를 문제라고 칭하고 국호를 수라 했다. 그로부터 8년 후 문제는 남조 최후의 왕조인 진나라를 멸하고 마침내 천하를 통일하게 되었다.

- 출전 《수서》〈독고황후전〉-

騎 말 탈, 말 탄 군사 기 : 騎馬兵(기마병), 騎士(기사), 一騎當千(일기당천)

虎 범 호 : 虎口(호구), 虎視耽耽(호시탐탐), 虎穴(호혈)

勢 기세, 형세 세 : 勢道(세도), 勢力(세력), 去勢(거세), 破竹之勢(파죽지세)

南柯一夢 (남가일몽)

남쪽으로 뻗은 나뭇가지 밑에서 잠깐 동안 꾼 꿈이라는 뜻으로,
한때의 부귀와 권세는 꿈처럼 부질없고 덧없음을 말함

당나라 9대 황제 덕종 때의 일이다. 광릉이라는 곳에 순우분이라는 사람이 있었는데, 그는 협객으로 유명했으며 술을 좋아하고 사소한 일에는 신경을 쓰지 않는 성격 탓에 장군과 충돌한 끝에 낙향하게 되었다.

순우분의 집에는 큰 느티나무가 있었는데 날마다 친구들과 그 그늘에서 술을 마시던 어느 날, 순우분은 술에 취해 느티나무 그늘 아래에서 잠이 들었다. 그런데 그 때 관복을 입은 두 남자가 나타나서 말하기를, "저희는 괴안국 왕의 명을 받들어 대인을 모시러 여기에 온 사신입니다. 저희와 함께 가시지요." 하였다.

순우분은 그들을 따라 나무 밑의 구멍 속으로 들어가자 국왕이 성문 앞에서 반가이 맞이하여 주었다. 또한 순우분은 국왕의 사위가 되어 부귀영화를 누리다가 남가군의 태수가 되어 태평성대를 이루어 드디어는 재상에까지 이르게 되었다. 그러나 이 때 쳐들어온 단라국의 군대에 참패를 하게 되었고, 아내마저 병으로 세상을 떠나자 이에 낙담하여 관직을 버리고 상경했다. 그러나 그의 명성을 듣고 모여든 사람들로 인해 순우분의 세력이 다시 커지는 것을 두려워한 괴완국 왕은 천도하지 않으면 이변이 닥칠 것 같다며 순우분을 고향으로 돌

려보냈다.

　잠에서 깨어난 순우분은 자신이 꿈속에서 들어갔던 느티나무 밑을
살펴보니 과연 하나의 구멍이 있었다. 그 구멍을 살펴보니 그 속에
개미떼가 두 마리의 왕개미를 둘러싸고 있었다. 바로 그 곳이 괴안국
이었고 황개미는 국왕 내외였던 것이다. 또 거기서 남쪽으로 뻗은 가
지 쪽으로도 구멍이 있었는데, 그 곳은 남가군이었다. 그날 밤에 큰
비가 내려 아침에 그 구멍을 살펴보니 개미는 흔적도 없이 사라졌다.
천도해야 할 이유가 바로 이 일이었던 것이다. 결국 눈을 뜨고는 마
치 모든 일이 **남쪽(南)**으로 뻗은 나뭇**가지(柯)** 밑에서 잠깐 꾼 **꿈(夢)**
처럼 허무하다는 것을 깨닫고, 술과 여자를 멀리하며 도술에만 전념
하게 되었다.

- 출전 《남가기》-

南 남녘, 남쪽 남 : 南極(남극), 南男北女(남남북녀), 南道(남도)
柯 가지 가 : 柯葉(가엽)
夢 꿈 몽 : 夢寐(몽매), 夢想(몽상), 夢遊病(몽유병), 夢幻(몽환)

囊中之錐 (낭중지추)

주머니 가운데 속의 송곳이라는 뜻으로,
재능이 뛰어난 사람은 숨어 있어도 남의 눈에 띈다는 말임

전국시대 말엽, 진나라의 공격을 받게 된 조나라 혜문왕은 동생이자 재상인 평원군을 초나라에 보내 구원군을 청하기로 했다. 평원군은 문무의 덕을 겸비한 스무 명의 수행원이 필요하여 자신의 식객 3천여 명 중에 19명은 뽑았는데 나머지 한 명의 인재를 찾지 못하고 고심하고 있던 중에 한 사내가 평원군 앞에 나서며, "저는 모수라고 합니다. 평원군의 집에 머문 지 3년이 되는데 이번에 그 은혜를 갚을 기회를 제게 주십시오."라고 말했다.

이 말을 들은 평원군은 그를 못마땅하게 여기고 이렇게 물었다.

"원래 유능한 사람은 숨어 있어도 마치 **주머니(囊) 가운데(中)**의 **송곳(錐)**처럼 끝이 밖으로 나오듯이 남의 눈에 띄는 법이오. 그런데 3년이나 지나도록 한 번도 자네의 이름이 드러난 적이 없지 않았는가? 그러니 자네는 이 큰일을 수행할 만한 능력이 없으니 단념하시오."

"그건 나리, 지금까지는 제가 주머니 속에 넣어 주기를 청하지 않았기 때문입니다. 하지만 이번에 나리의 주머니 속에 저를 넣어 주신다면 송곳의 끝뿐이 아니라 자루까지 모두 보여드리겠습니다."

평원군은 그 말을 들고서야 구원군에 합류시켰다. 후에 평원군은 모수의 활약 덕분에 초나라 왕을 설득하는데 성공했을 뿐 아니라 국

빈으로 환대를 받으면서 구원군도 쉽게 얻을 수 있었다.

- 출전 《사기》〈평원군열전〉-

囊 주머니 낭 : 囊中(낭중), 囊胚(낭배), 背囊(배낭)

中 가운데, 사이, 맞을 중 : 中央(중앙), 的中(적중), 百發百中(백발백중)

錐 송곳 추 : 錐臺(추대), 錐處囊中(추처낭중), 立錐(입추)

老馬之智(노마지지)

늙은 말의 지혜라는 뜻으로, 아무리 하찮은 것일지라도
나름대로 장점이 있다는 말임

춘추시대, 제나라 환공 때의 일이다. 어느 봄날, 환공은 명재상 관중과 대부 습붕을 데리고 고죽국을 정벌하러 나섰다. 그런데 전쟁이 생각보다 길어지는 바람에 봄에 시작한 전쟁이 그 해 겨울에야 끝이 났다. 혹한 추위에 지름길을 찾아 귀국하려다가 산중에서 길을 잃고 말았다. 진퇴양난에 빠져 추위에 모든 군사들이 떨고 있을 때 관중이 나서며 말했다.

"이럴 때는 **늙은(老) 말(馬)**의 **지혜(智)**가 필요합니다."

그리고는 즉시 늙은 말 한 마리를 풀어놓았다. 그리고 군사들이 그 말의 뒤를 따라가자 얼마 지나지 않아 큰 길이 나타났다. 또 한 번은 산길을 행군하다가 식수가 떨어져 군사들이 갈증에 시달리게 되었다. 이번에는 습붕이 나서며 말하기를, "개미란 원래 여름에는 산 북쪽 음지에다 집을 짓고, 겨울에는 산 남쪽 양지 바른 곳에 집을 짓습니다. 개미집에 한 치쯤 되는 흙이 쌓여 있으면 그 땅 속에는 일곱 자쯤 되는 곳에 물이 있는 법입니다."

이 말을 들은 군사들이 개미집을 찾아 그 곳을 파 내려가자 과연 습붕의 말대로 샘물이 솟아났다. 환공은 관중과 습붕을 데리고 정벌하러 온 것을 기뻐하며 즐거운 마음으로 귀국할 수 있었다.

- 출전《한비자》〈설림편〉-

老 늙을, 익숙할, 어른 로 : 老衰(노쇠), 老人(노인), 老鍊(노련), 元老(원로)

馬 말 마 : 馬脚(마각), 馬耳東風(마이동풍), 騎馬兵(기마병), 乘馬(승마)

智 지혜 지 : 智見(지견), 智能(지능), 智略(지략), 智慧(지혜)

累卵之危 (누란지위)

계란을 쌓아 놓은 것처럼 위태로운 모양이란 뜻으로,
아슬아슬하고 위험한 상태를 말함

전국시대 때, 위나라의 한 가난한 집의 아들로 태어난 범저는 제나라에 사신으로 가는 수가를 따라가는 사람으로 그를 수행하게 되었다. 그런데 제나라에서 수가보다도 어찌된 일인지 범저의 인기가 더 좋았다. 이에 기분이 몹시 상한 수가는 귀국하자마자 재상에게 "범저가 제나라와 내통하고 있습니다."라며 모함하였다.

범저는 모진 고문을 당하고 옥에 갇히게 되었다. 범저는 이대로 있다가는 자신의 목숨이 몹시 위태롭다고 생각하여 옥졸을 설득하여 탈옥했다.

그리고 난 후 범저는 정안평의 집에서 은거하며 이름을 장록이라 고치고 망명할 기회만 노리고 있다가 정안평의 도움으로 진나라에 망명하게 되었다. 진나라로 범저를 데리고 온 왕계는 소양왕에게 이렇게 소개하였다.

"전하, 장록은 위나라의 천하의 외교가입니다. 그는 진나라의 정치를 평하기를 **알(卵)**을 **쌓아(累)** 놓은 것처럼 **위태롭다(危)**며 자신을 기용하면 평안을 누릴 수 있다고 하니 장록을 채용하심이 좋을 듯합니다."

이 말을 들은 소양왕은 자신의 나라를 좋지 않게 평가하는 장록을 내리치고 싶었지만, 한 명의 인재도 아쉬운 전국시대인지라 그를 말석에 임명하였다. 그 후 장록은 자신의 진가를 마음껏 펼치게 되어 크게 활약하였다.

- 출전 《사기》〈범저열전〉 -

累 여러, 포갤, 폐 끼칠 루 : 累計(누계), 累名(누명), 累積(누적), 連累(연루)

卵 알, 기를 란 : 卵生(난생), 鷄卵(계란), 産卵(산란), 累卵之勢(누란지세)

危 위태할, 두려워할, 높을 위 : 危急(위급), 危機(위기), 危篤(위독), 危險(위험)

多多益善(다다익선)

많으면 많을수록 더욱더 좋다라는 뜻임

한나라 고조 유방은 천하를 통일했으나, 항우와 함께 싸웠던 장수들이 언젠가는 한나라에 위험한 존재가 되지 않을까 하고 걱정하였다. 특히 천하 통일의 일등 공신인 한신을 가장 위험한 존재로 여겨 경계를 해서 한신을 계략으로 잡아 회음후로 좌천시키고 도읍 장안을 벗어나지 못하게 했다.

그러던 어느 날, 유방은 한신과 여러 장수들의 능력에 대해서 이야기하다 이렇게 물었다.

"과인은 과연 몇 만의 군사를 통솔할 수 있는 장수라고 생각하시오?"

"말씀드리기 황공하오나, 10만 명의 군사 정도를 거느릴 수 있는 장수라고 생각합니다."

"그렇다면 자네는 어떠한가?"

"예, 저는 **많으면**(多) 많을수록 **더욱더**(益) **좋다고**(善) 생각합니다."

이 말을 들은 한고조는 "다다익선이라, 그렇다면 자네는 어찌하여 10만 명밖에 거느릴 수 없는 장수의 포로가 되었는가?"

그러자 한신은 이렇게 대답하였다.

"그러나 그것은 별개의 문제입니다. 폐하는 군사를 거느리는 데 능하신 것이 아니라 장수를 거느리는 데 능하십니다. 제가 폐하의 포로가 된 이유는 그것입니다."

- 출전 《사기》〈회음후열전〉-

多 많을 다 : 多寡(다과), 多岐亡羊(다기망양), 好事多忙(호사다망)

益 더할, 유익할 익 : 益甚(익심), 損益(손익), 增益(증익)

善 착할, 좋을, 잘할, 옳게 여길 선 : 善導(선도), 善處(선처), 親善(친선)

斷腸 (단장)

창자가 끊어졌다는 뜻으로, 창자가 끊어질 듯한 슬픔이나 아픈 상처를 말함

　진나라 환온이 촉나라를 정벌하기 위해 여러 척의 배에 군사를 나누어 싣고 양자강 중류의 삼협을 통과하던 중이었다. 부하 중 한 사람이 원숭이 새끼 한 마리를 붙잡아 배에 실었다. 이것을 본 어미 원숭이가 뒤따라 왔으나 물 때문에 배에는 오르지 못하고 강가에서 슬피 울부짖었다. 배가 출발하자 어미 원숭이는 강가를 따라 필사적으로 배를 쫓아 달려왔다. 마침내 배가 강기슭에 다다르자 어미 원숭이는 재빠르게 배에 올라왔으나 그대로 죽고 말았다. 이를 이상히 여긴 군사들이 어미 원숭이의 배를 갈라보니 **창자(腸)**가 마디마디 **끊어져(斷)** 있었다. 이 사실을 안 환온이 크게 노하며 말하였다.

　"네 놈들도 낳아주신 어머니가 있건만, 이렇듯 무정할 수 있느냐?"
역정이 난 환온은 원숭이 새끼를 붙잡은 부하를 매질한 다음 내쫓아 버렸다.

- 출전 《세설신어》〈출면〉 -

斷 끊을, 결단할 단 : 斷念(단념), 斷食(단식), 斷切(단절), 斷定(단정)
腸 창자 장 : 腸壁(장벽), 灌腸(관장), 大腸(대장), 胃腸(위장)

大器晚成 (대기만성)

큰 그릇은 늦게 이루어진다는 뜻으로, 큰 일이나 큰 인물은 쉽게 이루어지는
것이 아니라 고생 끝에 늦게 이루어진다는 말임

삼국시대 위나라에 최염이라는 유명한 장수가 있었다. 그는 목소리
가 유연하고 모습 또한 눈에 띄며 수염이 4척이나 되었는데, 한무제
는 누구보다도 그를 신임하여 측근에 두고 친근히 여겼다. 그런데 최
염에게는 최림이라는 사촌이 있었는데, 그는 별다른 재능이 없어 보
여 일가 친척들로부터 멸시를 당하고 살았다. 하지만 최염만은 최림
이 훌륭한 인물이 될 것을 꿰뚫어 보고 이렇게 말했다.

"큰 종이나 솥처럼 **큰(大) 그릇(器)**은 그렇게 쉽게 만들어지지 않
는다네. 그와 마찬가지로 큰 인물도 대성하기까지는 오랜 시간이 걸
리지. 자네 역시 큰 인물이기에 **늦게(晚) 이루어지는(成)** 걸 게야. 틀
림없이 꼭 그렇게 될 테니 걱정하지 말게나."

훗날 최염의 말대로 최림은 마침내 천자를 보좌하는 큰 인물이 되
었다.

- 출전 《삼국지》〈위지 최염전〉-

大 클, 대강 대 : 大槪(대개), 大觀(대관), 大陸棚(대륙붕), 大成(대성)
器 그릇, 재능 기 : 器具(기구), 器量(기량), 大器(대기), 才器(재기)
晚 늦을 만 : 晚年(만년), 晚照(만조), 晚鐘(만종), 晚秋(만추)
成 이룰 성 : 成功(성공), 成熟(성숙), 成人(성인), 成就(성취)

大義滅親 (대의멸친)

큰 뜻을 위해서는 친족도 멸한다는 뜻으로,
국가나 사회의 대의를 위해서는 부모 형제도 돌보지 않는다는 말임

춘추시대 위나라에서는 공자 주우가 환공을 죽이고 스스로 왕위의
자리에 올랐다. 환공과 주우는 원래 이복 형제간으로 둘 다 후궁의
자식이었다. 선궁 장공 때부터 충신으로 이름난 석작은 일찍 주우가
반역의 뜻을 품고 있다는 것을 알고, 그와 **절친하게(親)** 지내는 자신
의 아들 석후에게 주우와 절교하라고 했으나 듣지 않았다. 석작은 환
공이 왕위에 오르자 은퇴하고 얼마 안되어 석작의 우려대로 주우가
반역을 일으켰고 왕위에 오르게 되는 일이 현실로 나타났다. 반역은
일단 성공하였으나 백성들과 귀족들은 그를 따르지 않았다. 민심이
이러하자 수습 방안을 모색하던 석후는 아버지 석작에게 해결책을
물었더니, 이렇게 대답했다.

"무엇보다 천하의 종실인 주나라 왕실을 찾아가서 천자를 찾아 뵙
고 승인을 받는 게 좋을 것이다."

"그렇다면 어떻게 해야 천자를 만날 수 있을까요?"

재차 물었더니, "먼저 주왕실과 각별한 사이인 진나라 진공에게 부
탁해 보거라."하여, 주우와 석후가 진나라로 떠나자 석작은 진공에게
밀사를 보내 "주우와 석후는 임금을 죽인 반역자이니 비록 친족이지
만 나라의 **큰(大) 뜻(義)**을 위해서는 친족도 **멸하는(滅)** 것처럼 그들

을 잡아 죽여 대의를 따르십시오." 라고 알리도록 하였다.

석작은 진나라가 자신의 입장을 생각하여 아들 석후를 살려 보낼까 걱정되어 사람을 보내 처형을 지켜보도록 하였다.

- 출전 《춘추좌씨전》〈은공삼 사년조〉-

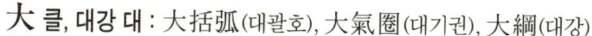

大 클, 대강 대 : 大括弧(대괄호), 大氣圈(대기권), 大綱(대강)

義 옳을, 해 넣을, 맺을 의 : 義理(의리), 義父(의부), 義足(의족), 廣義(광의)

滅 멸망할, 죽을, 없어질 멸 : 滅亡(멸망), 滅種(멸종), 消滅(소멸)

親 친할, 어버이, 몸소 친 : 親近(친근), 親睦(친목), 親戚(친척), 兩親(양친)

度外視(도외시)

법도의 바깥으로 본다는 뜻으로,
중요시 생각하지 않고 무시하거나 문제삼지 않음을 말함

후한의 시조 광무제 때의 일이다. 광무제 유수는 한나라를 뺏고 신나라를 세운 왕망을 멸하고 유현을 세워 황제로 삼고 한나라를 재건하였다. 한나라를 재건한 이후에도 유수는 동마와 적미 등의 반란군을 차례로 무찌르고 천하 통일을 향한 싸움은 계속되었다. 그러나 결국 제나라와 강회 땅이 평정이 되자 중원은 거의 광무제의 세력권으로 들어왔다. 그러나 벽지인 진나라의 외효와 촉나라의 공손술만은 항복해 오지 않았다. 이에 중신들은 광무제에게 두 반군의 토벌에 대해 진언했다. 그러나 광무제는 이 말을 듣지 않고 다음과 같이 말했다.

"이미 중원은 평정했으니 이제 그들은 **정도(度)의 외(外)** 것으로 **보이니(視)** 문제시 할 것 없소."

광무제는 그동안 계속된 싸움에 지친 병사들을 하루빨리 고향으로 돌려 보내어 쉬게 해주고 싶었던 것이다.

- 출전《후한서》〈광무기〉-

度 법도 도, 헤아릴 탁 : 度量(도량), 度數(도수), 程度(정도), 忖度(촌탁)
外 바깥, 외국, 멀리할 외 : 外界人(외계인), 外交(외교), 外面(외면)
視 볼, 살필 시 : 視覺(시각), 視力(시력), 視線(시선), 視察(시찰), 凝視(응시)

同病相憐(동병상련)

같은 병을 앓은 사람끼리 서로 불쌍히 여긴다는 뜻으로, 비슷한 처지에 있는
사람끼리 서로 잘 이해하고 동정하면서 돕는다는 말임

전국시대 오나라 공자 광은 사촌 동생인 오왕 요를 죽이고, 오왕을 합려라 칭하고 반란에 협조한 오자서를 중용했다.

오자서는 7년 전 초나라에서 태자 소부 비무기의 모함으로 자신의 아버지와 형이 처형당하자 원수를 갚기 위해 오나라로 피신해 온 망명객이었다.

얼마 후 초나라에서 비무기의 모함으로 아버지를 잃은 백비라는 사람이 오나라로 망명해 오자 오자서는 그를 오왕에게 추천하여 대부라는 벼슬에 오르게 하였는데, 이 사실을 알게 된 신하들은 오자서를 비난하였다.

"백비의 눈은 매와 같고 걸음걸이는 호랑이 같아, 필시 이것은 사람을 죽일 관상이오. 그런데 자네는 무슨 이유로 그를 추천하였소?"

대부 피리라는 자가 물었더니, 오자서는 이렇게 대답했다.

"특별한 이유는 없습니다. 다만 옛말에도 **같은(同) 병(病)**을 앓은 사람끼리 **서로(相) 불쌍히 여긴다(憐)**는 말로 동병상련, 동우상구란 말이 있듯이 나와 같은 처지에 있는 백비를 돕는 것은 당연한 일이라 생각한 것뿐입니다."

그로부터 9년 후 합려가 초나라와 싸워 크게 이김으로써 오자서와

백비는 마침내 아버지와 형의 원수를 갚을 수 있었다. 그러나 그 후 오자서는 백비의 모함에 빠져 분함을 이기지 못하고 죽고 말았다.

- 출전《오월춘추》〈합려내전〉-

同 같을, 화할 동 : 同感(동감), 同苦同樂(동고동락), 同胞(동포), 和同(화동)

病 병들, 근심할, 흠 병 : 病菌(병균), 病床(병상), 病斃(병폐), 病患(병환)

相 서로, 볼, 도울, 모양, 재상 상 : 相逢(상봉), 觀相(관상), 樣相(양상)

憐 불쌍히 여길, 사랑할 련 : 憐憫(연민), 可憐(가련), 愛憐(애련)

登龍門 (등용문)

용문에 오른다는 뜻으로, 어려운 입신 출세의 관문이나 영달을 말함

용(龍)문은 황하 상류의 산서성과 섬서성의 경계에 있는 협곡의 이름인데, 이곳의 물살은 너무나 세차고 빨라 웬만한 큰 물고기도 여간해서는 거슬러 올라가지 못했다. 그러나 일단 이곳을 올라오기만 하면 그 물고기는 용이 된다는 전설이 있다. 따라서 용**문**(門)에 **오른다**(登)는 것은 매우 어려운 극한의 난관을 극복하고 도약의 기회를 얻는다는 말이다.

반면에 등용문과 반대되는 말은 점액이라고 해서 이마에 점처럼 상처가 난다는 뜻으로, 용문에 오르려고 급류에 뛰어들다가 바위에 이마를 부딪쳐 상처를 입고 하류로 떠내려가는 물고기를 일컬어 하는 말이다. 즉, 출세를 하기 위한 경쟁에서의 패배자나 시험에서 떨어진 사람을 말한다.

후한 말, 환제 때 정의파 관료들의 지도적인 위치에 있는 인물 이응이라는 사람이 있었다. 그가 승진에 승진을 거듭하면서 승승장구했을 때 환간의 미움을 사서 옥에 갇히는 일을 당했었다. 그러나 그 후유력자의 추천으로 다시 벼슬을 얻어 악랄한 환관 세력과 맞서 싸움으로써 그의 명성은 더욱더 높아졌다. 그러자 태학의 학생들은 그를 존경하여 천하의 본보기는 이응이라고 했으며, 신진 관료들도 그의

추천을 받는 것을 최고의 명예로 알고, 이를 '등용문' 이라 일컬었다.

- 출전 《후한서》〈이응전〉-

登 오를, 나갈, 기재할, 보낼 등 : 登校(등교), 登錄(등록), 登山(등산)

龍 용 룡 : 龍頭蛇尾(용두사미), 龍馬(용마), 龍床(용상), 龍顔(용안)

門 문, 집안, 전문 문 : 門閥(문벌), 門人(문인), 門前(문전), 同門(동문)

馬耳東風 (마이동풍)

말의 귀를 스치는 동쪽 바람이라는 뜻으로,
남의 의견이나 충고를 귀담아 듣지 않고 그대로 흘려 버리거나 전혀 느끼지 못함을 말함

    당나라의 대시인 이백이 그의 벗 왕십이로부터 "왕거일이 추운 밤에 홀로 술잔을 기울이며 회포에 잠기다."라는 시 한 수를 받자, 이백은 〈답왕십이 한야독작유회〉라 하여 답하였는데, 장시인 이 시에서 이백은 "우리네 시인들이 아무리 좋은 시를 짓더라도 이 세상 속인들은 그것을 알아주지 않는구나."라며 탄식을 터뜨리며 다음과 같이 맺고 있다.

    " (중략) 세상 사람들은 이 말을 듣고 모두 머리를 흔든다네. 마치 **동녘(東)**의 **바람(風)**에도 아랑곳하지 않는 **말(馬)**의 **귀(耳)**처럼."

- 출전 《이태백집》〈권십팔〉 -

馬 말 마 : 馬脚(마각), 馬夫(마부), 馬術(마술)

耳 귀, 따름 이 : 耳目(이목), 耳順(이순), 耳懸鈴 鼻懸鈴(이현령 비현령)

東 동녘 동 : 東問西答(동문서답), 東洋人(동양인), 東奔西走(동분서주)

風 바람, 풍속, 경치, 모습 풍 : 風雲(풍운), 風習(풍습), 風景(풍경), 風采(풍채)

輓歌(만가)

수레를 끌고 갈 때 부르는 노래라는 뜻으로,
죽은 사람을 애도하며 부르는 노래를 말함

한고조 유방이 즉위하기 직전, 한신에게 급습당한 전횡은 그 분풀이로 유방이 보낸 역이기를 죽여 버린 일이 있었다. 마침내 유방이 즉위하자 이 일에 대한 보복을 두려워한 전횡은 500명의 부하를 이끌고 지금의 전횡도로 도망을 갔다.

그 후 고조는 전횡이 반란을 일으킬까 우려되어 그의 죄를 용서하는 대신에 낙양으로 신하되기를 청하였다. 그러나 전횡은 절개를 굽히고 한고조의 신하가 되는 것을 부끄럽게 여기고 낙양성을 30여리를 남겨두고 자결하고 말았다. 그리고 섬에 남아 있던 나머지 부하들도 전횡을 쫓아 모두 자결하였다. 이에 전횡의 높은 절개를 추모하여 지은 두 장의 상가로 그의 죽음을 **애도하며(輓) 노래(歌)**했다.

- 출전 《고금주》〈음악편〉,《진서》〈례지편〉,《고시원》〈해로가〉〈호리곡〉-

輓 수레끌, 애도할, 늦을 만 : 輓馬(만마), 輓近(만근), 輓詞(만사)
歌 노래 가 : 歌曲(가곡), 歌舞(가무), 歌謠(가요), 歌唱(가창)

亡國之音(망국지음)

나라를 망하게 하는 음악이라는 뜻으로, 음란하고 사치한 음악이라는 말임

춘추시대 때의 일이다. 위나라 영공이 진나라로 가던 도중에 산동성 내에 있는 복수라는 강변에 이르자, 이제까지 들어본 적이 없는 멋진 음악 소리가 들려 왔다. 영공은 자신도 모르게 그 음악에 잠시 넋을 잃고 듣다가 함께 있던 사연이라는 악사에게 그 음악을 잘 기억해 두라고 일렀다.

마침내 진나라에 도착한 영공은 진나라 평공 앞에서 사연에게 그 음악을 연주하게 하면서, 이 곳으로 오는 도중에 들은 새롭고 멋진 음악이라며 자랑했다. 당시 진나라에 사광이라는 유명한 악사가 있었는데, 그가 이 음악을 듣다가 깜짝 놀라며 연주하고 있던 사연의 손을 잡고 급히 연주를 중지시키며 이렇게 말했다.

"이 음악은 새롭고 멋진 음악이 아니라, **나라(國)**를 **망하게(亡)** 하는 사악한 **음악(音)**입니다."며 그 내력을 말해 주었다.

"옛날 은나라 주왕에게 사연이란 악사가 있었습니다. 당시 주왕은 폭군으로 사연이 만든 음란하고 사치한 음악에 빠져 나라의 일에는 소홀히 하다가 무왕에게 멸망하고 말았습니다. 그러자 왕과 나라를 잃은 사연은 복수 강변에 빠져 죽었는데, 그 후 복수 강변 근처에서는 혼령이 떠돌며 이 곡을 들려주고 있어 지나가는 사람들은 모두 들

을 수 있다고 합니다. 그래서 사람들은 이 곳을 지나갈 때 들리는 음악을 망국의 음악이라며 무서워 귀를 막고 지나간답니다."

그럼에도 불구하고 평공은 음악을 계속 연주하게 하자 갑자기 폭풍우가 몰아쳐 사람들은 두려움에 떨며 도망쳤다. 그 후 진나라에는 오랜 가뭄이 계속 되었으며, 영공은 병을 오랫동안 앓다가 죽었다.

- 출전《한비자》〈십과편〉,《예기》〈악기〉-

亡 망할, 잃을, 죽을 망 : 亡靈(망령), 死亡(사망), 亡身(망신), 逃亡(도망)

國 나라 국 : 國家(국가), 國民(국민), 國政監査(국정감사), 愛國(애국)

音 소리, 음악 음 : 音樂(음악), 音韻(음운), 音癡(음치), 音響(음향)

望洋之嘆(망양지탄)

바다를 바라보고 감탄한다는 뜻으로,
남의 위대함을 보고 감탄하면서 자신의 미흡함을 부끄러워함을 비유하는 말임

옛날 황하 중류의 하남성 내에 있는 맹진이라는 나루터에 하백이라
는 물의 신이 있었다. 어느 날 아침, 그는 황금빛으로 찬란히 빛나는
강물을 보고 감탄하며 말했다.

"이렇게 큰 강은 아마 또 없을 거야!"

"그렇지 않습니다."

뒤를 돌아보니 늙은 자라가 말한 것이었다.

"그럼, 황하보다 더 큰 강이 있다는 것이냐?"

"그렇습니다. 제가 듣기로는 해가 뜨는 쪽에 북해라는 곳이 있는데
이 세상의 모든 강이 그 곳으로 흘러들기 때문에 황하의 몇 배나 된
다고 합니다."

"정말 그렇게 큰 강이 있겠느냐? 내 눈으로 직접 보기 전에는 믿을
수 없구나."하며 늙은 자라의 말을 믿지 않았다.

그런 일이 있은 후 하백은 강 하류로 내려가 북해를 한 번 보기로
하였다. 북해에 다다르자 그 곳의 바다의 신인 약이 반가이 맞아 주
었다. 약이 손을 들어 허공을 가르자 눈앞에 한없이 넓은 바다가 펼
쳐졌다. 그것을 본 하백은 황하 말고도 이처럼 넓고 큰 강이 있다는
것에 대해 이제까지 세상 모르고 살아온 자신을 매우 부끄러워하며,

약에게 말하기를 "이제야 비로소 **큰 바다(洋)를 바라보며(望) 탄식하게(嘆)** 됩니다. 북해가 이렇게 크다는 것을 보지 못했더라면 나의 좁은 소견을 깨닫지 못했을 것입니다."

북해의 신 약이 웃으며 말했다.

"자네는 우물 안 개구리였구려. 그러나 이제는 큰 바다를 알게 되었으니 거기에서 벗어난 것이오."

- 출전 《장자》〈추수편〉-

望 바랄, 바라볼, 원망할 망 : 望月(망월), 望鄉(망향), 責望(책망), 希望(희망)

洋 큰 바다, 서양 양 : 洋服(양복), 洋裝(양장), 洋行(양행), 大洋(대양)

嘆 탄식할 탄 : 嘆服(탄복), 嘆息(탄식), 悲嘆(비탄), 痛嘆(통탄)

麥秀之嘆(맥수지탄)

보리가 빼어나게 잘 자라는 모습을 보고 탄식한다는 뜻으로,
고국의 멸망을 탄식한다는 말임

중국 고대 왕조의 하나인 은나라 주왕은 음란한 음악에 빠져 폭정을 일삼았다.

이 때 주왕에게 충언한 신하 미자, 기자, 비간이라는 세 사람이 있었다. 미자는 주왕의 형으로 주왕이 충고를 듣지 않자 국외로 망명했으며, 기자 역시 망명했다. 그런데 기자는 자신의 신분을 감추기 위해 거짓 미치광이가 되고 또 노예로까지 전락하기도 했다. 그러나 비간은 끝까지 충언하다가 결국에는 가슴이 찢기는 극형까지 당하고 말았다. 마침내 주왕은 발에게 죽음을 맞고 천하는 주나라가 되었다.

주나라 시조 무왕 발은 미자와 기자를 불러 자신의 신하로 삼아 보좌하게 하였다. 이 명을 받들기 위해 기자가 망명지에서 주왕의 도읍으로 가던 도중 은나라의 옛 도읍지를 지나게 되었다. 전에는 번화하던 그 곳의 모습은 간데없고 궁궐터에는 보리와 기장만이 무성하게 자라나 있었다.

그 모습을 보고 조국의 멸망을 **탄식하며(嘆)** 시 한 수를 읊었다.

"**보리(麥)** 이삭은 무럭무럭 잘 자라나고, 벼와 기장도 윤기가 **빼어나(秀)**구나. 교활한 저 옛 주왕아, 내 말을 듣지 않았음이 슬프기만 하구나."

- 출전 《사기》〈송미자세가〉, 《시경》〈왕풍편〉-

麥 보리 맥 : 麥藁帽子(맥고모자), 麥飯(맥반), 麥酒(맥주), 麥秋(맥추)

秀 빼어날, 이삭 나올 수 : 秀麗(수려), 秀才(수재), 俊秀(준수)

嘆 탄식할 탄 : 嘆哭(탄곡), 嘆傷(탄상), 嘆訴(탄소)

孟母斷機 (맹모단기)

맹자의 어머니가 짜고 있던 베의 날실을 끊는다는 뜻으로, 학문을 중도에
그만두는 것은 짜고 있던 베의 날실을 끊어 버리는 것과 같다는 말임

전국시대에 살았던 맹자의 어머니에 대한 일화이다. 집을 떠나 멀리 타향에서 공부하던 어린 맹자가 어느 날 어머니가 보고 싶다는 이유로 갑자기 집으로 돌아왔다. 이 때 마침 맹자의 어머니는 베를 짜려고 베틀에 앉아 있다가 맹자에게 물었다.

"글은 많이 배웠느냐?"

"아직 많이 배우지 못했습니다."

맹자의 **맹랑한**(孟) 대답에 맹자의 **어머니**(母)는 짜고 있던 **베**(機)의 날실을 **끊어**(斷) 버리고 이렇게 말씀하셨다.

"네가 하던 공부를 다 끝마치지 않고 돌아온 것은 지금 내가 짜고 있던 베의 날실을 끊어 버린 것과 마찬가지이다."

이 말을 듣던 맹자는 크게 깨닫고 다시 스승에게로 돌아가, 이전보다 더욱더 열심히 공부에 전념해 오늘날 공자에 버금가는 이름난 학자가 되었다.

- 출전 《열녀전》〈모의전〉-

孟 맏, 맹랑할 맹 : 孟冬(맹동), 孟浪(맹랑), 孟仲季(맹중계), 孔孟(공맹)

母 어머니 모 : 母國(모국), 母性愛(모성애), 母親(모친), 乳母(유모)

斷 끊을, 결단할 단 : 斷念(단념), 斷食(단식), 斷切(단절), 斷定(단정)

機 베틀, 기관 기 : 機械(기계), 機關(기관), 機密(기밀), 機會(기회)

孟母三遷(맹모삼천)

맹자의 어머니가 맹자의 교육을 위해 세 번 이사했다는 고사에서 나온 말로,
자식의 교육을 위해서는 어떠한 어려운 일도 행하는 부모님의 마음을 말함

전국시대 공자에 버금가는 학자로 맹자가 있었는데, 맹자는 어렸을 때 아버지를 여의고 홀어머니 밑에서 자랐다. 처음에 맹자는 **어머니(母)**와 묘지 근처에 살았는데, 어린 맹자는 **맹랑하게도(孟)** 상여를 메는 상여꾼과 묘지를 파서 봉분을 만드는 흉내를 내면서 놀았다.

교육상 좋지 않다고 생각한 맹자의 어머니는 시장 근처로 이사했다. 그런데 이번에는 시장에서 물건을 팔고 사는 장사꾼 흉내만 내면서 노는 것이었다.

이곳 역시 맹자의 교육에 나쁜 영향을 미칠까 염려하여 **세(三)** 번째로 서당 근처로 집을 **옮겼다(遷)**. 그러자 맹자는 학생들이 서당에서 공부하는 모습과 제사를 지내는 법, 예의를 갖추어 인사하는 법 등을 흉내 내며 놀기 시작하였다. 이것을 본 어머니는 이곳이야말로 자식을 기르는데 더할 나위 없이 좋은 곳이라며 크게 기뻐하였다.

- 출전 《열녀전》〈모의전〉-

孟 맏, 맹랑할 맹 : 孟秋(맹추), 孟夏(맹하), 孟春(맹춘)

母 어머니 모 : 母乳(모유), 母國語(모국어)

三 석, 거듭 삼 : 三綱五倫(삼강오륜), 三寒四溫(삼한사온), 再三(재삼)

遷 옮길, 귀양 보낼 천 : 遷都(천도), 改過遷善(개과천선), 左遷(좌천)

明鏡止水 (명경지수)

맑은 거울과 잔잔한 물이라는 뜻으로,
티없이 맑고 깨끗하며 고요한 마음을 일컬어 말함

춘추시대 노나라에 왕태라는 학문과 덕망이 높은 사람이 있었는데, 그는 성인 공자와 맞먹을 만큼 많은 제자들을 가르쳤다. 그러던 어느 날, 공자의 제자인 상계라는 사람이 불만스러운 말투로 공자에게 물어 보았다.

"선생님, 왕태는 형벌을 받아 발목이 잘린 불구자임에도 불구하고 어째서 저리도 많은 사람들이 그를 따르는 것입니까?"

공자가 대답했다.

"그것은 그분이 비록 발목이 잘린 불구자이지만 자연의 섭리를 깨달아 마음이 고요하기 때문이다. 사람들은 흐르는 물에 자신을 비춰 보는 것이 아니라 흐르지 않는 잔잔한 물에 비추어 본다. 그분의 마음이 마치 **맑은(明) 거울(鏡)**로 **흐르지 않는(止)** 잔잔한 **물(水)**과 같아서 많은 사람들이 그분을 따르는 것이다."

- 출전 《장자》〈덕충부편〉-

明 밝을, 맑을, 똑똑할, 시력 **명** : 明瞭(명료), 明晳(명석), 明確(명확), 失明(실명)

鏡 거울 **경** : 鏡鑑(경감), 水鏡(수경), 眼鏡(안경), 破鏡(파경)

止 그칠, 금지할, 머무를 **지** : 防止(방지), 止血(지혈), 行動擧止(행동거지)

水 물, 고를, 별 이름 **수** : 水路(수로), 水魔(수마), 水星(수성), 水平(수평)

矛盾 (모순)

창과 방패라는 뜻으로, 말이나 행동의 앞뒤가 서로 맞지 않음을 말함

초나라에 **창(矛)**과 **방패(盾)**를 파는 사람이 있었는데, 그 사람은 자신이 파는 창과 방패를 늘어놓고 말하기를, "자, 이 창을 보십시오. 이 창은 어찌나 날카로운지 꿰뚫지 못하는 것이 없습니다." 하며 자랑을 하더니, 다음에는 방패를 들고 말하기를, "이 방패를 보십시오. 이 방패는 너무나도 견고하여 아무리 날카로운 창이라도 막아낼 수 있습니다."라고 외치면서 물건들을 팔고 있었다.

이 말을 들은 구경꾼들 중에 한 사람이 의아해 하며 이렇게 물었다. "그렇다면 그 창으로 그 방패를 찌르면 어떻게 됩니까?"

그러자 장사꾼은 아무 대답도 못하고 서둘러 그 자리를 떠났다.

- 출전 《한비자》〈난세편〉-

矛 **창 모** : 矛戟(모극), 矛戈(모과), 矛甲(모갑)
盾 **방패 순** : 甲盾(갑순), 圓盾(원순)

墨翟之守(묵적지수)

묵적의 지킴이란 뜻으로, 자신의 의견이나 주장을 굽히지 않고
끝까지 지킴이나 융통성이 없음을 일컫는 말임

춘추시대 사상가로 묵자라는 학자가 있었다. 묵자의 이름은 적이었는데, 다음은 묵적의 이야기이다. 초나라 호북성 내에 있는 도읍 영에 도착한 묵자는 기계를 만드는 비상한 재주를 가지고 있는 공수반을 찾아갔다. 그런데 그는 원래 송나라 사람으로 송나라에서 자신의 재주를 하찮게 여기자, 초나라로 와서 초왕을 위해 성을 공격하는 전차와 구름사다리를 만들어 송나라를 치려는 계획을 가지고 있던 사람이었다. 묵적은 그에게 "북방에 나를 모욕하는 사람이 있는데, 당신이 나를 위해 그 사람을 죽여 줄 수는 없겠소?"라고 말하자, 공수반은 불쾌한 얼굴로 "나는 사람을 죽이는 것은 의에 어긋난다고 생각하고 있소."

"그렇다면 한 사람 죽이는 것도 의에 어긋난다면서 어찌하여 죄 없는 송나라 백성들을 죽이려 하시오?" 하자, 대답이 궁해진 공수반은 묵자를 초왕 앞으로 데리고 갔다.

묵자는 자신의 뜻을 굽히지 않고 아뢰기를, "전하, 새수레를 가진 사람이 이웃집의 헌수레를 훔치려 하고, 비단옷을 입은 사람이 이웃집 헌누더기를 훔치려 한다면 전하께서는 이를 어떻게 생각하십니까?"

"그렇다면 그건 도벽이 있어 그럴 것이오."

"그렇다면 넓은 국토에 꿩(翟)을 비롯한 온갖 짐승과 초목까지 풍성한 초나라가 좁고 가난한 송나라를 치려 하는 것과 무엇이 다릅니까?"

"나는 단지 공수반이 만든 기계를 한번 실험해 보려 했을 뿐이었네."

"그러시다면 제가 여기서 그 기계의 공격을 막아 보겠습니다."

이리하여 초왕 앞에서 기묘한 승부가 벌어지게 되었다. 묵자는 허리띠를 풀어 성 모양을 만들어 놓고 나뭇조각으로 방패를 만들었다. 공수반은 자신이 만든 기계로 아홉 번 공격했지만, 아홉 번 모두 묵적(墨翟)은 **지켜(守)**냈다. 이것을 본 초왕은 송나라를 치려던 계획을 포기하게 되었다.

- 출전 《묵자》〈공수반편〉-

墨 먹 묵 : 墨客(묵객), 墨刑(묵형), 墨畵(묵화), 近墨者黑(근묵자흑)

翟 꿩 적 : 翟車(적거), 翟尾(적미), 翟羽(적우)

守 지킬, 살필 수 : 守備(수비), 守節(수절), 守護(수호), 保守(보수)

聞一知十(문일지십)

한 번 들으면 열을 안다는 뜻으로, 하나를 가르쳐 주면
그 하나를 통해 전체를 알 수 있을 만큼 총명하다는 말임

공자의 수많은 제자 중에서 자공이라는 사람은 재산을 모으는데 남
보다 뛰어난 재주를 가졌다. 그래서 공자가 천하를 두루 여행하는 데
자금의 대부분을 부담하였으며, 그뿐 아니라 자공은 재주와 재치도
뛰어났다. 이런 자공과는 대조적으로 묵묵히 공자의 뒤만 따르는 안
회는 매우 가난하였으나 몇 개월 동안의 어짐을 인정받아 공자에게
어질다는 칭찬을 받은 유일한 제자이다.

안회와 자공의 길고 짧음에 대해 공자가 자공에게 물었다.

자공이 "제가 어찌 감히 회를 따라갈 수 있겠습니까? 회는 하나를
들으면(聞) 열(十)을 알고(知), 저는 하나를 들으면 둘을 알 뿐입니
다."라고 대답했다. 이 말을 듣고 공자는 자공의 대답에 만족해 했다.
자공 역시 스승의 기대에 어긋남이 없이 자신의 모습을 잘 알고 있었
던 것이다.

- 출전 《논어》〈공야장편〉-

聞 들을, 들릴 문 : 聞望(문망), 見聞(견문), 新聞(신문), 風聞(풍문)

知 알, 주관할 지 : 知覺(지각), 知能(지능), 知事(지사), 諒知(양지)

十 열 십 : 十誡命(십계명), 十中八九(십중팔구), 十進法(십진법)

門前成市(문전성시)

문 앞에 시장을 이룬다는 뜻으로, 권세가나 부잣집 문 앞이
찾아오는 손님들로 시장을 이루는 것처럼 붐빈다는 것을 말함

전한 말, 11대 황제인 애제 때의 일이다. 애제가 즉위하자 조정의 실권은 외척인 애제의 할머니 부씨와 어머니 정씨 두 가문으로 넘어 갔다. 그때 당시 애제는 20세였는데 동현이라는 사람과 동성연애에 빠져 나라의 일은 돌보지 않았다. 그래서 이를 본 충신들은 나서서 충언을 하였으나 애제는 듣는 척도 하지 않고 오히려 황제의 미움만 사게 되었다. 이 당시에 조창이라는 사람은 전형적인 아첨배로 왕실 과 인척간인 정숭을 시기하여 모함할 기회만 노리고 있던 어느 날, 애제에게 이렇게 아뢰었다.

"전하, 말씀 드리기 황공하오나 정숭의 집 앞에는 마치 시장을 **이 루는(成)** 격으로 찾아오는 사람들로 붐빈다고 합니다. 이것은 필시 무슨 이유가 있을 것으로 생각되오니, 그 자를 불러 엄중히 문초하십시오."

이 말을 들은 애제는 즉시 정숭을 불러 물어 보았다.

"듣자니 자네의 **문(門) 앞(前)**에는 **시장(市)**처럼 붐빈다고 하던데, 그 말이 사실인가?"

"예, 전하. 저의 집은 시장처럼 붐비오나 저의 마음은 물처럼 깨끗 합니다. 다시 한번 조사를 해 주시기 바랍니다."

이런 정숭의 간청에도 불구하고 애제는 그를 옥에 가두었다. 이 사

실을 알게 된 손보라는 사람이 정승을 변호했으나 오히려 애제는 손
보의 벼슬을 빼앗고 서민의 신분으로 내쳤다. 그 후 정승은 옥에서
목숨을 잃었다.

- 출전 《한서》〈손보전〉〈정숭전〉-

門 문, 집안, 전문 문 : 門閥(문벌), 門人(문인), 門戶(문호), 同門(동문)
前 앞 전 : 前科(전과), 前代未聞(전대미문), 前途遼遠(전도요원), 前後(전후)
成 이룰 성 : 成功(성공), 成熟(성숙), 成就(성취)
市 저자, 시가 시 : 市價(시가), 市民(시민), 市場(시장), 市井(시정)

彌縫(미봉)

더해서 꿰맨다는 뜻으로, 비어 있는 곳이나 잘못된 것을 그때마다 순간의
위기를 모면하기 위해 임시 변통으로 꾸며대는 것을 말함

춘추시대, 주나라 환왕 때의 일이다. 환왕은 말뿐인 천자국으로 전
락한 주나라의 체면을 세우기 위해 정나라를 치기로 했다. 그 당시
정나라 장공은 나날이 강성해지는 국력이 뒷받침되어 환왕을 무시하
는 경향이 있었기 때문이다. 환왕은 우선적으로 장공의 정치적 실권
을 박탈했다.

이러한 처사에 장공은 분개한 나머지 신하가 임금을 찾아 뵙는 왕
실의 예의를 중단하자, 환왕은 **더욱(彌)** 이를 구실로 삼아 제후들에
게 참전을 명하고 징벌군을 소집하였다. 왕명을 받고 괵 · 채 · 위 ·
진나라 군사가 모이자 환왕은 자신이 총사령관이 되어 직접 정나라
를 징벌하러 나갔다. 천자가 장수로 징벌하러 직접 나선 일은 춘추시
대 240여년 동안 전무후무한 일이었다. 마침내 정나라에 도착한 환
왕은 장공의 군사들과 대치했다. 이 때 장공의 참모인 원이 장공에게
아뢰었다.

"지금 진나라 군사들은 국내 정세가 어지럽기 때문에 전쟁할 기력
이 없습니다. 먼저 진나라 군사부터 공격하면 도망갈 것입니다. 그러
면 환왕이 지휘하는 군사들도 혼란에 빠질 것이며, 채나라 위나라의
군사들도 버티지 못하고 달아날 것입니다. 이 때 환왕의 군대를 치면

틀림없이 승리할 것입니다."

장공은 원의 말에 따라 수레를 앞세우고 보병을 뒤따르게 하였다.

수레와 수레 사이에는 **꿰매진(縫)** 보병을 임시방편으로 채웠다. 원의 전략이 적중하여 왕군은 대패하고 환왕은 어깨에 화살을 맞은 채 물러갔다.

- 출전 《춘추좌씨전》〈환공오년조〉-

彌 넓을, 더욱, 꿰맬, 오랠 미 : 彌久(미구), 彌漫(미만), 彌盛(미성)

縫 꿰맬 봉 : 縫合(봉합), 彌縫策(미봉책), 裁縫(재봉)

傍若無人 (방약무인)

**곁에 사람이 없는 것 같이 여긴다는 뜻으로,
주위의 다른 사람은 아랑곳하지 않은 채 자기 멋대로 행동함을 말함**

전국시대 말, 진시황이 천하를 통일하기 전의 일이다. 당시 진시황을 암살하려다 실패한 자객 중 형가라는 사람이 있었다. 그는 위나라 사람인데, 위나라 임금이 인재로 써주지 않자 여러 나라를 돌아다니며 전전하다가 연나라에서 축이라는 거문고와 **같은(若)** 악기의 명수인 고점리를 알게 되었다.

형가는 고점리와 자주 술자리를 함께 하곤 하였다. 어느 정도 술에 취하게 되면 고점리는 축을 연주하고 형가는 노래를 불렀다. 그러다가 기쁨이 복받치면 함께 엉엉 울었다. 마치 **곁(傍)** 에 아무 **사람(人)** 도 **없는(無)** 것처럼 말이다.

- 출전 《사기》〈자객열전〉-

傍 곁 방 : 傍觀(방관), 傍倚(방의), 傍點(방점), 傍聽(방청)

若 같을 약 : 若此(약차), 若何(약하), 萬若(만약), 若或(약혹)

無 없을 무 : 無窮(무궁), 無聊(무료), 無名(무명), 無常(무상), 無顔(무안)

人 사람 인 : 人格(인격), 人類(인류), 人民(인민), 人品(인품)

背水之陣(배수지진)

물을 등지고 진지를 친다는 뜻으로, 어떠한 일에 대해
목숨을 걸고 대처하는 경우를 말함

한나라의 명장 한신은 유방의 명령에 따라 위나라를 무찌르고 그 여세를 몰아 조나라로 진격해 들어갔다. 그러자 조나라에서는 군사 20만 명을 동원하여 튼튼하게 방어를 구축하였다.

한신은 조나라 군사들이 유리한 곳을 점령하였을 뿐만 아니라 군사의 수적으로도 열세이므로 그냥 싸워서는 이길 수 없다고 판단하여 다른 전략을 세웠다. 우선 기마병 2천 명을 조나라 성 뒤 산기슭에 매복시켜 놓고 명하기를, "내일 싸움에서 우리 부대는 거짓으로 밀리는 척하고 도망갈 것이다. 그러면 적군은 우리를 추격하러 성을 비울 것이니, 이 때 뒷산에 매복해 있던 군사들은 성 안으로 들어가 성을 점령하고 한나라 깃발을 세우도록 해라." 하였다.

그리고 1만여 군사는 강을 등지고 진을 치게 한 다음 한신은 나머지 군사를 이끌고 성을 향해 나아갔다. 마침내 날이 밝자, 한나라 군사들이 북을 치며 공격하자 조나라 군사들은 기다렸다는 듯이 성을 나와 싸움을 하기 시작했다.

몇 번의 싸움 끝에 한신의 군사들은 전략대로 도망치듯 달아나기 시작하자, 조나라 군사들은 맹렬히 추격하며 따라왔다. 이 때에 산기슭에 매복해 있던 한나라 군사들이 성에 들어가 깃발을 세웠으며, 달아나던 한신의 군사들은 강을 등친 채 필사적으로 싸웠다. 결국 조나라 군사들은 물러서지 않을 수 없어 성으로 돌아왔다. 하지만 성에는 이미 한신의 군사들이 점령하고 있었기에 전투는 한신의 승리로 끝났다. 전쟁의 승리를 축하하는 잔치에서 부하 군사들이 한신의 전략에 대해 묻자, 한신은 이렇게 대답하였다.

"우리 군사들은 이번 싸움에 급하게 군사들을 모집하였기에 그다지 실력들이 뛰어나지 않았다. 이런 군사들은 도망갈 곳이 없게 **강물(水)**을 **등(背)**지고 **진을 친다면(陣)** 필사적으로 싸우지 않겠나? 그래서 이런 계획을 세운 것이네."

- 출전 《사기》〈준음후열전〉, 《십팔사략》〈한태조고황제〉-

背 등, 배신할 배 : 背景(배경), 背反(배반), 背恩忘德(배은망덕), 向背(향배)
水 물, 고를 수 : 水路(수로), 水生木(수생목), 水壓(수압), 水準(수준)
陣 진칠 진 : 陣營(진영), 陣地(진지), 陳頭(진두), 自由陣營(자유진영)

百年河淸(백년하청)

백 년이 지나도 황하 강의 흐린 물이 맑아지지 않는다는 뜻으로,
아무리 오래 기다려도 어떠한 일이 이루어지기 어려움을 비유한 말임

춘추시대 중엽, 정나라는 위기를 맞이하였다. 그 이유는 초나라의 속국인 채나라를 친 것이 화가 되어 초나라의 보복 공격을 받게 되었기 때문이다.

이것을 논의하기 위해 신하들이 대책을 마련하였는데, 그 방안은 두 가지로 나뉘게 되었다. 초나라에 항복하자는 화친론과 진나라에 구원군을 요청하여 싸우자는 주전론이 그것이다. 양쪽 주장이 **해(年)**가는 줄 모른 채 서로 팽팽하게 맞서자 자사가 말했다.

"주나라의 시에 황하의 흐린 **물(河)**은 **일백(百)** 년이 지나도록 **맑아지기(淸)**를 기다린다 해도 사람의 짧은 수명으로는 알기 어렵다는 말이 있듯이, 지금 진나라의 구원군을 기다린다는 것은 이와 같을 뿐입니다. 그러하니 일단 초나라에 복종하여 백성들을 불안에서 벗어나게 해주는 것이 좋을 듯합니다."

이리하여 정나라는 초나라에 복종하여 화친을 맺고 위기를 모면하였다.

- 출전 《춘추좌씨전》〈양공팔년조〉-

百 일백, 많을 백 : 百穀(백곡), 百發百中(백발백중), 百姓(백성), 百歲(백세)
年 해 년 : 年鑑(연감), 年金(연금), 年輪(연륜), 年輩(연배)
河 물 하 : 河床(하상), 河川(하천), 氷河(빙하), 黃河(황하)
淸 맑을, 끝맺을 청 : 淸潔(청결), 淸廉(청렴), 淸算(청산), 淸楚(청초)

白面書生 (백면서생)

태어나면서부터 글만 읽어 얼굴이 하얗다는 뜻으로,
오로지 글만 읽고 세상의 경험이 없는 사람을 말함

남북조시대 때의 일이다. 남조인 송나라 3대 황제인 문제 때 심경지라는 사람이 있었다. 그는 어렸을 때부터 무예를 갈고 닦아 그 기량이 뛰어났다.

그는 10세의 어린 나이에도 불구하고 사병을 이끌고 반란군과 싸워 승리하여 이름을 떨친 유명한 장수였다. 그가 40세 때 이민족의 반란을 진압한 공로로 장군에 임명되었다.

왕문제에 이어 효무제 때는 도읍을 지키는 방위 책임자로 승진했으며, 그 이후에도 많은 공을 세워 변경 수비군의 총수가 되었다. 어느 날 효무제는 숙명적으로 적일 수밖에 없는 북위를 치기 위해 여러 문신들을 불러 놓고 회의를 열었다. 이 자리에 함께 있던 심경지는 북벌에 실패한 이전의 사례를 들어 무리한 출병을 반대하며, 효무제에게 이렇게 말했다.

"전하, 밭일은 농부에게 맡기고, 바느질은 아녀자에게 맡겨야 하는 것인데, 어찌하여 전하께서는 적국과 싸우는 북벌 출병을 **태어나서**(生) **글**(書)만 읽어 **얼굴**(面)이 **하얗게**(白) 된 문인들과 논의하십니까?"

심경지의 간곡한 충언에도 불구하고 효무제는 군대를 보내 북위를 정벌하려 했다가 크게 패하고 말았다.

- 출전 《송서》〈심경지전〉-

白 흰, 깨끗할, 밝을, 빌 백 : 白眉(백미), 潔白(결백), 告白(고백), 餘白(여백)

面 얼굴, 볼, 가면 면 : 面目(면목), 面駁(면박), 面責(면책), 假面(가면)

書 글, 문서, 쓸 서 : 書架(서가), 書記(서기), 書籍(서적), 淨書(정서)

生 날, 살, 자랄 생 : 生氣(생기), 生命(생명), 生食(생식), 生活(생활)

百聞不如一見 (백문불여일견)

**백 번 듣는 것이 한 번 보는 것만 못하다는 뜻으로,
무슨 일이든지 직접 경험해야 확실하게 알 수 있다는 말임**

전한 9대 황제인 선제 때, 서북 변방에 사는 티베트계 유목 민족인 강족이 쳐들어 왔다. 한나라 군사들은 필사적으로 싸웠으나 크게 패했다. 그래서 선제는 어사대부인 병길에게 조충국을 찾아가 토벌군의 대장으로 어느 사람이 적임자인지를 물어 보라고 하였다.

당시 조충국은 70이 넘은 노장으로, 흉노 정벌에 출전했다가 포위되자 100여 명의 군사로 포위망을 뚫고 전군을 구출한 공로로 장군에 임명되어 이를 계기로 오랑캐 토벌전의 선봉장이 된 사람이었다. 조충국을 찾아온 병길은 왕의 명령을 그대로 알렸다. 그러자 조충국은 "어디 노신을 능가할 사람이 있겠소?"라고 대답하였다. 선제는 조충국을 불러 강족 토벌에 대해 그 의견을 물어 보았다. 조충국이 말하기를, "전하, **백(百)** 번 **듣는(聞)** 것이 한 번 **보는(見)** 것만 **못합니다(不)**. 무릇 군사는 눈으로 보지 않고서는 알 수 없는 법입니다. **만일(如)**을 생각하십시오. 원하건대 저를 적진의 근처로 보내 주십시오. 그런 다음 그 대책에 대해 말씀드리겠습니다."

선제는 기꺼이 승낙했고, 현지 조사를 마친 조충국은 다음과 같이 아뢰었다.

"전하, 제가 직접 가서 보니, 기병보다는 보병을 보내는 것이 좋을

듯합니다. 그래서 평상시에는 농사일을 하게 하면서 상주시키는 둔전병을 두는 것이 좋을 듯합니다."

그 후 그 계획대로 둔전병을 두고 조충국 역시 그 곳에 머무르면서 강족의 침략을 막아내었다.

- 출전 《한서》〈조충국전〉-

百 일백, 많을 백 : 百年(백년), 百藥(백약), 百計(백계), 百工(백공)
聞 들을, 들릴 문 : 聞望(문망), 見聞(견문), 新聞(신문), 風聞(풍문)
不 아닐 불, 부 : 不當(부당), 不在(부재), 不可分(불가분), 不義(불의)
如 같을, 어찌, 만일 여 : 如反掌(여반장), 如實(여실), 如何(여하), 缺如(결여)
見 볼 견, 드러날 현 : 見聞(견문), 見解(견해), 見糧(현량), 謁見(알현)

白眉 (백미)

흰 눈썹이라는 뜻으로, 여러 사람들 중에서 가장 뛰어난 사람이나 물건을 말함

위촉오 삼국시대의 일이다. 촉나라에 문무를 겸비한 마량이라는 참모가 있었다. 그는 제갈 공명과도 아주 친한 사이로, 한 번은 뛰어난 언변으로 남쪽 변방의 오랑캐의 한 무리를 모두 부하로 삼는데 성공했을 정도로 덕성과 지혜가 뛰어난 인물이었다. 마량은 5형제 중 맏이로, 태어날 때부터 **눈썹(眉)**에 **흰(白)** 털이 나 있었다. 그래서 고향 사람들로부터 백미라는 별명을 얻었다. 그들 다섯 형제들은 모두 재주가 뛰어났지만, 그 중에서도 마량이 가장 뛰어났다. 그래서 사람들은 마씨네 다섯 형제 중에 백미가 가장 뛰어나다고 칭송이 자자했다. 이 때부터 백미란 같은 부류의 여러 사람 중에 가장 뛰어난 사람이나 물건을 가리키는 말에서 비롯되었다.

- 출전 《삼국지》〈촉지 마량전〉-

白 흰, 깨끗할, 밝을, 아뢸, 빌 백 : 白骨難忘(백골난망), 白馬(백마), 白瓜(백과)
眉 눈썹 미 : 眉間(미간), 蛾眉(아미), 眉目秀麗(미목수려)

伯牙絶絃(백아절현)

백아가 거문고의 줄을 끊었다는 뜻으로,
서로 마음이 통하는 절친한 친구의 죽음을 슬퍼함을 말함

춘추시대의 거문고의 명수로 이름나 있는 백아에게는 자신의 거문고 소리를 누구보다도 잘 감상해 주는 절친한 친구 종자기라는 사람이 있었다. 백아가 거문고를 타며 높은 산과 큰 강의 분위기를 내려고 하면 옆에서 그 소리를 듣던 종자기는, "멋지네. 이 소리는 마치 하늘 높이 우뚝 솟은 **우두머리**(伯)산을 말하는 것 같군. 또한 강물의 흐름이 마치 황하처럼 넓고 깊은 소리를 내는군."이라며, **어금니**(牙)를 벌리며 탄성을 금치 못하였다. 이렇듯 두 사람은 서로 마음속 깊이 통하는 사이였다. 그런데 어느 날 갑자기 종자기가 병으로 세상을 떠났다. 그러자 백아는 자신의 연주를 알아주는 친구를 잃은 슬픔을 참지 못하고 자신이 아끼던 **거문고**(絃)의 줄을 **끊어**(絶) 버리고는 다시는 연주를 하지 않았다.

- 출전《열자》〈탕문편〉-

伯 맏이, 우두머리, 작위 백 : 伯父(백부), 伯爵(백작), 伯仲(백중), 畵伯(화백)

牙 어금니, 상아 아 : 牙城(아성), 牙錢(아전), 象牙塔(상아탑), 齒牙(치아)

絶 끊을, 뛰어날 절 : 絶交(절교), 絶望(절망), 絶緣(절연), 絶筆(절필)

絃 악기줄, 현악기, 탈 현 : 絃歌(현가), 絃樂器(현악기), 絶絃(절현)

白眼視(백안시)

흰 눈으로 본다는 뜻으로, 남을 업신여기거나 냉대하여 바라봄을 말함

위진시대, 노자와 장자의 철학에 심취하여 대나무 숲속에서 은거하던 죽림칠현의 한 사람인 완적이 있었다. 그는 예의범절에 얽매인 속세의 선비들을 보면 속물이라 여기고 흰 눈으로 바라보았다. 어느 날 죽림칠현의 한 사람인 혜강의 친형 혜희가 완적이 좋아하는 술과 거문고를 가지고 찾아 왔었다. 하지만 완적은 그를 백안시했다. 혜희는 이를 불쾌히 여기고 돌아갔다. 그 소식을 들은 혜강은 다시 술과 거문고를 가지고 완적을 찾아 왔다. 그러자 완적은 그를 기쁘게 맞이했다. 이렇듯 완적은 비록 상대가 친구의 형일지라도 그가 속세에 얽매인 선비라면 **흰(白) 눈(眼)**으로 상대를 **바라보았다(視)**. 그래서 그 당시의 속세의 선비들은 완적을 마치 원수처럼 몹시 미워하였다.

- 출전 《진서》〈완적전〉-

白 흰, 깨끗할, 밝을, 아뢸, 빌 백 : 白日(백일), 白兵戰(백병전), 純白(순백)
眼 눈 안 : 眼鏡(안경), 眼目(안목), 近視眼(근시안), 肉眼(육안), 主眼點(주안점)
視 볼, 살필 시 : 視力(시력), 視線(시선), 視察(시찰), 凝視(응시)

百戰百勝 (백전백승)

백 번 싸워서 백 번 이긴다는 뜻으로, 싸울 때마다 항상 이긴다는 말임

춘추시대, 제나라에 병법가 손자가 쓴 책 《손자》에는 다음과 같은 글이 실려 있다.

"승리에는 두 가지 종류가 있다. 그 첫 번째는 적을 공격하지 않고 얻은 승리, 또 다른 하나는 적을 공격하여 얻은 승리가 그것이다. 적을 공격하지 않고 이기는 것이 제일 좋은 책략이고, 공격해서 이기는 승리가 다음으로 좋은 책략이다. **일백(百) 번 싸워서(戰) 일백 번 이겼다(勝)** 할지라도 그것이 곧 최상의 승리는 아니다. 싸우지 않고 적을 굴복시키는 것이야말로 최상의 승리인 것이다. 곧 최상책은 적이 도모하고자 하는 행동을 미리 알아내어 이를 막는 것이고, 그 다음은 적이 다른 나라와 동맹 맺는 것을 끊고 적을 고립시키는 것이며, 마지막 세 번째로는 적과 싸우는 것이다. 최하책은 모든 수단을 다 쓴 끝에 공격하는 것이다."

- 출전 《손자》〈모공편〉 -

百 일백, 많을 백 : 百劫(백겁), 百果(백과), 百科事典(백과사전)
戰 싸울, 두려워 떨 전 : 戰術(전술), 戰爭(전쟁), 戰戰兢兢(전전긍긍)
勝 이길, 훌륭할 승 : 勝景(승경), 勝利(승리), 勝地(승지), 勝敗(승패)

駙馬 (부마)

임금의 사위, 즉 공주의 남편을 말함

중국 농서라는 땅에 신도탁이라는 사람이 있었다. 그 젊은이는 이름 높은 스승을 찾아 **말(馬)**을 타고 옹주로 가던 도중에 날이 저물어 하루 기거하려고 주위를 두리번 거리다 어느 큰 기와집의 대문을 두드렸다.

"옹주로 가는 나그네인데, 날이 어두워 잘 곳을 찾지 못했으니, 이곳에서라도 잠을 재워줄 수 없는지요."

하녀는 잠시 기다리라며 안으로 들어가더니, 이윽고 돌아와서 그를 안방으로 안내했다. 그리고 잘 차린 밥상으로 그를 후하게 대접했다.

신도탁이 상을 물리자 안주인이라는 여인이 들어와서 말했다.

"저는 진나라 민왕의 딸이온데, 조나라로 시집을 갔다가 남편과 사별하고 23년 동안 이곳에서 혼자 살고 있습니다. 오늘 이처럼 당신이 여기에 온 것은 우연이 아니라 생각하오니, 저와 부부의 인연을 맺어 주십시오."

신도탁은 신분의 차이가 너무 나기 때문에 극구 사양했으나, 여인의 간절한 부탁에 못 이기고 사흘 밤낮을 그 여인과 부부의 인연을 맺었다. 그 후 나흘째 되던 날, 여인은 슬픈 얼굴로 말했다.

"조금 더 당신과 함께 있고 싶지만 이제는 마지막을 고해야 할 시간이 왔습니다. 더 이상 함께 지낸다면 화를 당하게 됩니다. 대신 제 마음의 징표로 이걸 드리겠습니다."라며 여인은 신도탁에게 금베개를 건네주었다. 그 금베개를 받고 집을 나온 신도탁은 이상히 여겨 뒤를 돌아보니 그 큰 기와집은 온데간데없고 잡초만이 무성한 벌판에 무덤 하나가 있을 뿐이었다. 그러나 신도탁이 지니고 있던 금베개만은 그대로 있었다. 신도탁은 그 금베개를 팔아 여비로 썼다. 그 후 민심을 살피러 나온 왕비가 금베개를 발견하고 어떻게 된 연유인지를 조사해 본 결과 신도탁의 소행임을 알고 신도탁을 잡아들였다. 신도탁은 금베개를 얻게 된 경위를 설명했고, 그 말이 사실인지를 확인하기 위해 공주의 무덤을 파고 관을 열어보니 함께 묻었던 다른 부장품들은 그대로 다 있었으나 금베개만 없어졌다. 그리고 시체를 조사해 본 결과 신도탁과 부부의 인연을 맺은 것이 분명하게 밝혀지자 신도탁을 자신의 사위로 인정하고 그에게 **부마(駙)**도위라는 벼슬을 내리고 후대했다고 한다.

- 출전 《수신기》-

駙 부마 부 : 駙馬都尉(부마도위), 駙馬府(부마부)
馬 말 마 : 馬夫(마부), 馬脚(마각), 馬耳東風(마이동풍)

焚書坑儒 (분서갱유)

책을 불사르고 선비들을 묻는다는 뜻으로,
진나라 시황제의 가혹한 법과 혹독한 정치를 말함

진나라 시황제 때, 시황제는 6국을 평정하고 천하를 통일하자 주왕조 때의 봉건 제도를 폐지하고 중앙집권의 군현 제도를 실시하였다. 군현제를 실시한 지 8년이 지난 어느 날, 시황제가 베푼 함양궁의 잔치에서 박사인 순우월이 봉건 제도를 다시 실시해야 왕실의 무궁한 안녕을 누릴 수 있다고 말했다. 이 말을 들은 시황제가 신하들에게 순우월의 의견에 대해 가부를 묻자, 군현제의 입안자인 승상 이사는 이렇게 대답했다.

"봉건시대에는 제후들 간에 싸움이 끊이지 않아 천하가 어지러웠지만, 이제는 통일이 되어 나라의 안정이 되었고 나라의 법령 또한 한 곳에서 모두 다스릴 수 있게 되었습니다. 그러나 옛날 책으로 배운 선비들 중에는 옛것만을 옳게 여겨 새로운 법령이나 정책에 대해 비난하고 불평하는 자들이 있습니다. 이번 기회에 비난하는 선비들을 문책하여 엄단하시고 백성들에게 꼭 필요한 의약, 복서, 종수에 관한 책과 진나라 역사서 이외의 모든 책들을 수거해 불태워 없애 버리십시오."

시황제는 이사의 말에 따라 수많은 진귀하고 희귀한 책들을 속속 불태웠는데 이 일을 가리켜 **책(書)**을 **불사른다(焚)** 해서 분서라 하였다. 당시는 종이가 발명되기 이전이라, 모든 책은 글자를 대나무 조각을 엮어 만든 죽간에 썼기 때문에 한 번 불태우면 복원할 수 없는 것들이었다. 그 다음해, 아방궁이 완성되자 시황제는 불로장수의 신선술법을 닦는 방사들을 후대했는데, 그 중에서도 노생과 후생을 특히 신임했다. 하지만 이 두 사람은 많은 재물을 자신의 것으로 빼돌린 뒤 시황제의 부덕함을 비난하고 종적을 감추었다. 이에 시황제는 분노를 참지 못하고 자신을 비방하는 선비들을 모두 잡아 가두고 연루자를 색출하려 했지만 서로 그 책임을 미루어 관련된 자가 460여 명이나 되었다. 시황제는 그들 모두를 산 채로 각각 **구덩이(坑)**를 파고 생매장하여 죽였다. **선비(儒)**들을 산 채로 묻었다 하여 갱유라고 한다.

- 출전 《사기》〈진시황기〉, 《십팔사략》〈진편〉-

焚 불사를 분 : 焚掠(분략), 焚滅(분멸), 焚殺(분살), 焚身(분신), 焚香(분향)
書 글 서 : 書架(서가), 書簡(서간), 書記(서기), 書式(서식), 書齋(서재)
坑 구덩이 갱 : 坑口(갱구), 坑道(갱도), 坑門(갱문), 坑夫(갱부)
儒 선비, 유교 유 : 儒家(유가), 儒敎(유교), 儒林(유림), 儒生(유생)

不俱戴天之讎 (불구대천지수)

함께 하늘을 머리에 이고 살 수 없는 원수라는 뜻으로,
반드시 죽여야 할 원수 사이를 일컫는 말임

이 말은《예기》〈곡례편〉에 다음과 같은 글이 실려 있다.

"아버지의 **원수(讎)**와는 **함께(俱)** 하늘(天)을 머리에 **이고(戴)** 살수 없고, 형제의 원수를 보고 무기를 가지러 가면 늦으며, 친구의 원수와는 나라를 함께 해서는 안 된다. 따라서 반드시 죽여야 한다." 라는 뜻으로 오늘날은 더불어 살 수 없을 정도로 무척 미운 사람을 일컫는 말로 쓰인다.

- 출전《예기》〈곡례편〉,《맹자》〈진심편〉-

俱 함께, 갖출 구 : 俱慶(구경), 俱歿(구몰), 俱存(구존), 俱現(구현)

戴 일, 받들 대 : 戴冠(대관), 戴冠式(대관식), 戴白(대백), 推戴(추대)

天 하늘 천 : 天倫(천륜), 天罰(천벌), 天心(천심), 天然(천연), 天子(천자)

讎 원수 수 : 讎仇(수구), 復讎(복수), 怨讎(원수)

不惑(불혹)

미혹하지 아니한다는 뜻으로, 나이 마흔 살을 일컫는 말임

공자는 자신의 일생을 회고하면서 학문 수양의 발전 과정에 대해 《논어》〈취정편〉에 이렇게 말했다.

"나는 열다섯 살에 학문에 뜻을 두었고 나이 서른 살에는 학문에 뜻을 세웠으며, 나이 마흔 살에는 어떠한 **미혹함(惑)**에도 흔들리지 **아니하게(不)** 되었다. 쉰 살에는 하늘의 명을 알게 되었고 예순 살에는 남의 말을 순례대로 따를 수 있게 되었으며, 나이 일흔 살에는 하고자 하는 마음을 따라서 행동해도 법도를 넘지 않았다.

- 출전 《논어》〈위정편〉-

不 아닐 불, 부 : 不可分(불가분), 不義(불의), 不當(부당), 不在(부재)
惑 미혹할, 어지러울 혹 : 惑星(혹성), 惑世(혹세), 迷惑(미혹), 誘惑(유혹)

四面楚歌(사면초가)

사방 면에서 들려오는 초나라의 노래란 뜻으로,
사방이 빈틈없이 적에게 포위된 상태로 이럴 수도 저럴 수도 없는 상황을 말함

진나라를 무너뜨린 초나라 항우와 한나라의 유방은 홍구를 경계로 천하를 차지하기 위해 패권 다툼을 7년간이나 계속하고 있었다. 그런데 힘과 기에만 의존하다가 모신까지 잃고 밀리기 시작한 항우는 휴전을 제의하고 철수하기 시작하였다.

유방도 항우의 제안을 받아들여 철수를 하고자 하였으나 참모인 장량과 진평이 철수하는 항우의 군사를 친다면 승리를 할 수 있다고 진언하자 유방은 군사의 말머리를 돌리고 항우를 추격하였다. 결국 한신의 군대는 초나라 진영을 겹겹이 포위하였다. 초나라 진영은 군사가 격감한데다가 군량미마저 바닥이 나고 사기가 말이 아니었다. 그러나 장량은 한 가지 꾀를 내었는데, 한밤중에 **사(四)**면에서 **초나라(楚) 노래(歌)**를 부르게 했다.

초나라 군사들은 고향 노랫소리를 듣고 슬픔에 젖어 전의를 상실하고 도망치기 시작했다. 장량은 이런 심리전을 노린 것이었다. 항우는 한나라 군사가 사면에서 노래 부르는 것을 듣고 초나라 땅을 다 차지한 줄 알고, 모든 것이 끝난다고 생각하여 결별의 술자리를 마련하였다. 항우에게는 우미인이라는 애인 우희와 추라는 준마가 있었다. 항우는 우희가 애처러워 슬프고 분한 마음을 추스리지 못하고 이런 시

를 읊었다.

"산을 뽑을 만큼 센 힘이여, 세상을 덮을 만큼의 높은 기개여. 때는 이롭지 못하고 추는 가지 않는구나. 추가 가지 않으니 어찌하면 좋을까. 우희야 우희야 그대를 어찌 하면 좋을까."

함께 있던 우희도 이별의 슬픔에 목이 메어 항우의 칼을 뽑아 자결하였다.

그날 밤, 겨우 적의 포위망을 탈출하여 오강에 이르렀다. 그러나 자신의 군사들을 모두 잃고 혼자 살아남아 고향 땅에 돌아가는 자신의 **얼굴(面)**이 부끄러워 항우도 자결하고 말았다. 이 때 그의 나이 31세였다.

- 출전 《사기》〈항우본기〉-

四 넉 사 : 四窮(사궁), 四分五裂(사분오열), 四通五達(사통오달)
面 얼굴, 볼, 가면 면 : 面目(면목), 面駁(면박), 面責(면책), 假面(가면)
楚 초나라, 고울, 아플, 매질할 초 : 楚楚(초초), 淸楚(청초), 苦楚(고초)
歌 노래 가 : 歌曲(가곡), 歌舞(가무), 歌謠(가요),, 軍歌(군가)

似而非(사이비)

같은 것처럼 보이나 실은 아니다라는 뜻으로,
겉은 선량해 보이나 속은 전혀 다른 사람이나 다른 물건을 말함

전국시대 때의 일이다. 맹자에게 어느 날 만장이라는 제자가 물었다.

"한 고을 사람들이 모두 어떤 한 사람을 훌륭하다고 칭찬한다면 그 사람은 어디를 가든 훌륭한 사람일 것입니다. 그런데 공자께서는 어찌하여 칭찬을 **아니하시며(非)** 그들을 가리켜 향원은 덕을 해치는 도둑이라고 말씀하셨나요?"

맹자가 대답하였다.

"그들을 비난하려 해도 특별히 비난할 것이 없고, 공격하려 해도 공격할 구실이 없으나 세속에 아첨하고 더러운 세상에 합류한다. 또 집에 있으면 충심과 신의가 있는 척하고, 밖에 나아가 행동하면 청렴결백한 척한다. 그래서 사람들이 다 좋아하고 스스로도 옳다고 생각하지만 그들과 더불어 요순의 올바른 도에 들어갈 수 없기 때문이다. 또 공자께서는 이런 **말씀을 이어서(而)** 하셨다. '겉은 **같지만(似)** 속은 전혀 다른 사이비 한 것을 미워한다. 말을 잘하는 것을 미워하는 것은 신의를 혼란시킬까 두려워서이고, 정나라 음악을 미워하는 것은 아악을 혼란시킬까 두려워서이다. 향원을 미워하는 것은 그들이 덕을 혼란시킬까 두려워서이다.' 라고 말이다."

- 출전 《맹자》〈진심편〉, 《논어》〈양화편〉-

似 같을, 닮을, 비슷할 사 : 似而非團體(사이비단체), 類似(유사), 恰似(흡사)

而 말이을 이 : 而今以後(이금이후), 而立(이립), 而後(이후), 然而(연이)

非 아닐 비 : 非難(비난), 非民主的(비민주적), 非情(비정), 非行(비행)

蛇足(사족)

뱀의 발이라는 뜻으로, 쓸데없는 무용지물이거나
공연히 하지 않아도 될 일을 하다가 일을 실패한 행동을 비유한 말임

전국시대, 초나라 회왕 때의 일이다. 어떤 인색한 사람이 제사를 지낸 뒤 하인들에게 술 한 잔을 내놓으며 나누어 마시라고 했다. 그러자 한 사람이 이런 제안을 하였다.

"이 술 한 잔을 여러 사람이 나누어 마시면 턱없이 부족하니, 땅바닥에 뱀을 제일 먼저 그린 사람이 술을 혼자 마시기로 하는 게 어떻소?"

하인들은 모두 찬성하고 각각 땅바닥에 뱀을 그리기 시작하였다. 마침내 뱀을 다 그린 한 사람이 술잔을 들면서 말했다.

"내가 제일 먼저 그렸으니, 이 술의 임자는 바로 나일세. 자, 다들 보게나. 내가 그린 뱀은 발도 있지 않은가!"

이 때 막 뱀을 다 그린 다른 사람이 그 술잔을 뺏어 들면서 말했다.

"이 사람아, **발(足)** 달린 **뱀(蛇)**이 이 세상에 어디 있는가? 그러니 이 술은 내 것일세."

제일 먼저 그린 사람은 공연히 쓸데없는 일을 했다고 후회했지만 이미 때는 늦은 후였다.

- 출전 《전국책》〈제책〉, 《사기》〈초세가〉-

蛇 뱀 사 : 毒蛇(독사), 長蛇陳(장사진), 畵蛇添足(화사첨족)

足 발 족, 과할 주 : 足跡(족적), 手足(수족), 洽足(흡족), 足恭(주공)

殺身成仁(살신성인)

자신의 몸을 죽이고 인을 이룬다는 뜻으로,
올바른 도리 인을 행하기 위해서라면 몸을 바쳐서라도 행한다는 말임

춘추시대 때, 인을 도덕의 이상으로 삼는 공자의 저서 《논어》〈위령공편〉에 이렇게 씌어 있다.

"뜻이 있는 선비와 **어진(仁)** 사람은 인을 해침으로써 삶을 구하지 않고 자신의 **몸(身)**을 **죽여서(殺)**라도 인을 **이루기(成)** 위해 힘쓴다."

즉, 굳은 뜻을 지닌 선비와 덕을 이룬 사람들은 이 인을 이루기 위해 부단히 노력해야 한다는 것을 강조한 말이다.

- 출전 《논어》〈위형공편〉-

殺 죽일 살, 감할 쇄 : 殺氣(살기), 殺伐(살벌), 殺到(쇄도), 相殺(상쇄)
身 몸 신 : 身分(신분), 身體(신체), 前身(전신), 身病(신병)
成 이룰 성 : 成功(성공), 成熟(성숙), 成就(성취), 完成(완성)
仁 어질, 씨 인 : 仁術(인술), 仁義(인의), 仁慈(인자), 杏仁(행인)

三顧草廬(삼고초려)

풀로 만든 집, 즉 초가집을 세 번 돌아본다는 뜻으로, 훌륭한 인재를
받아들임에 있어 참을성 있게 진심으로 예를 다 한다는 말임

한나라 말, 유비, 관우, 장비 이 세 사람은 의형제를 맺고 난세를 평정하고 한나라 왕실의 부흥을 위해 군사를 일으켰다. 그러나 군기를 잡고 전군을 통솔할 만한 인재가 없어 늘 조조군에게 고전을 면치 못했다.

어느 날 유비에게 서서와 사마휘가 학식과 재능, 그리고 덕망까지 골고루 갖춘 제갈 공명이라는 사람을 추천해 주었다. 그 말을 들은 유비는 즉시 제갈 공명이 사는 **풀(草)**이 무성한 **오두막집(廬)**으로 찾아갔다. 그러나 제갈량은 외출하고 집에 없었다.

며칠 후 다시 찾아갔으나 역시 외출하고 집에 없었다. 함께 갔던 관우와 장비는 제갈량의 행동에 불평을 했다. 하지만 유비는 단념하지 않고 **세(三)** 번째 다시 또 찾아왔다. 그 때에는 제갈량은 유비를 **돌아볼(顧)** 생각도 하지 않은 채 낮잠을 자고 있었다. 유비는 제갈량이 일어날 때까지 꼼짝하지 않고 한참 동안을 문 밖에서 기다렸다. 유비의 이런 행동에 감동을 받은 제갈량은 마침내 유비의 군사가 되어 많은 전공을 세웠다.

- 출전 《삼국지》〈촉지 제갈량전〉-

三 석, 거듭 삼 : 三綱五倫(삼강오륜), 三寒四溫(삼한사온), 再三(재삼)

顧 돌아볼, 돌볼, 생각할 고: 顧慮(고려), 顧命(고명), 顧問(고문), 回顧(회고)

草 풀, 거칠, 초잡을 초: 草家(초가), 草稿(초고), 草綠(초록), 草書(초서)

廬 오두막집, 여인숙 려: 廬幕(여막), 廬舍(여사), 草廬(초려)

三十六計 走爲上計 (삼십육계 주위상계)

서른 여섯 가지 계책 중에서 달아나는 것을 제일 좋은 계책으로 삼는다는 뜻으로, 일이 불리할 경우에는 도망가는 것이 제일 좋은 방법이라는 말임

남북조시대. 제나라 5대 황제인 명제 때의 일이다. 명제는 3, 4대의 황제를 차례로 죽이고 왕위를 빼앗은 후에도 직계 왕족들은 물론 자기를 반대하는 사람은 가차없이 잡아 죽였다. 이처럼 숙청이 계속되자 고조 이후의 옛 신하들은 불안에 떨었다. 그 중에서도 개국 공신인 왕경측의 불안은 날로 늘어만 갔다. 불안하기는 명제도 마찬가지였으므로 왕경측을 제거하려 하였다.

이를 안 왕경측은 1만여 군사들을 이끌고 도읍인 건강을 향해 진군하여 10여일 만에 흥성성까지 점령했으며, 농민들도 가세함에 따라 병력도 10여만 명으로 늘어났다. 한편 병석에 있던 명제는 태자 소보권 대신 국정을 돌보고 있었는데, 패전 소식을 보고 받자 피난을 서둘렀다. 이 소식을 들은 왕경측은 웃으면서 말했다.

"단장군의 **서른**(三十) **여섯**(六) 가지 **계책**(計) 중에 **달아나는**(走) 것이 **제일**(上) 좋은 계책이라 **하더니**(爲), 이제 남은 것은 도망가는 길밖에 없을 것이다."

그러나 충분한 준비를 갖추지 않고 자만에 차 있던 왕경측의 군대는 관군에게 포위당한 채 패했고 왕경측은 목이 잘린 죽음을 맞이해야 했다.

- 출전 《자치통감》〈권백사일〉, 《남제서》〈왕경측전〉-

134

十 열 십 : 十誡命(십계명), 十中八九(십중팔구), 十進法(십진법)

六 여섯 륙 : 六角(육각), 六法(육법), 六旬(육순)

計 계산, 꾀할 계 : 計略(계략), 計量(계량), 計算(계산), 家計簿(가계부)

走 달아날 주 : 走馬加鞭(주마가편), 奔走(분주), 走馬看山(주마간산)

爲 할, 위할 위 : 爲國忠節(위국충절), 當爲(당위), 無爲(무위), 行爲(행위)

上 위, 오를 상 : 上古(상고), 上部(상부), 上下(상하), 上旬(상순)

喪家之狗(상가지구)

상갓집의 개라는 뜻으로, 기운 없이 초라한 모습으로 이곳 저곳 기웃거리며
얻어먹을 것만 찾아다니는 사람을 빈정거리는 말임

춘추시대 말, 노나라 정공 때 법무장관인 대사구로서 재상의 직무를 대행하고 있던 공자는 왕족인 삼환씨에게 배척을 당해 노나라를 떠나게 되었다.

그 후 공자는 자신의 뜻을 마음껏 펼칠 수 있는 나라를 찾아 여기저기를 순방하며 돌아다녔으나 그를 받아 주는 군주는 어디에도 없었다. 56세 때 정나라에 간 공자는 제자들을 놓치고 홀로 동문 옆에서서 제자들이 찾아오기를 기다렸다.

잃어버린(喪) 스승을 찾아 나선 자공이 한 행인에게 공자의 인상착의에 대해 말하면서 보았냐고 묻자 이렇게 대답했다.

"동문 옆에 한 노인이 서 있는 것을 보았소. 그의 이마는 요 임금과 같았고, 목은 순, 우 임금 때의 어진 형상과 같았으며, 어깨는 명재상과 같았소. 그러나 허리 아래로는 우 임금에게 세 치쯤 미치지 못했고, 그 지친 모습은 마치 상갓집의 개와 같았소."

이 말을 듣고 자공은 다른 제자들과 함께 공자를 찾으러 동문을 간다음, 행인에게서 들은 말을 공자에게 말했다.

이야기를 듣고 난 공자는 "용모에 대한 말은 맞는다고 하기 어려우나 상갓집 개와 같다는 말은 딱 들어맞는 말이구나."라며 웃었다.

결국 공자는 정나라에서도 자신의 뜻을 이루지 못한 채 그야말로 상갓**집(家)**의 **개(狗)**처럼 초라한 모습으로 노나라로 돌아갔다.

- 출전 《공자가어》〈곤서편〉, 《사기》〈공자세가〉-

喪 복 입을, 잃을 상 : 喪禮(상례), 喪服(상복), 喪失(상실), 初喪(초상)

家 집, 학문, 전문가 가 : 家屋(가옥), 家親(가친), 大家(대가), 畵家(화가)

狗 개 구 : 走狗(주구), 狗尾續貂(구미속초), 兎死狗烹(토사구팽)

桑田碧海(상전벽해)

뽕나무밭이 푸른 바다로 변한다는 뜻으로,
세상 모습이 몰라볼 정도로 달라짐을 말함

이 말은 유정지의 대비백발옹(代悲白髮翁)이라는 시에서 나온 말로, 내용은 다음과 같다.

"낙양성 동쪽에 복숭아꽃과 오얏나무꽃이 날아오고 날아가며 어느 누구의 집에 떨어지는가. 낙양의 여자아이는 젊은 자신의 얼굴이 이처럼 빨리 시들 것을 안타깝게 여기며 길을 가다가 길게 한숨짓는 모습을 대할 수 있네. 올해 꽃이 지면 얼굴은 더욱 늙어지니 내년에 피는 꽃은 그 누가 볼 수 있을까. **뽕나무(桑)밭(田)**이 **푸른(碧) 바다(海)**로 변한다는 말을 들었는데 그 말이 과연 맞는구나."

- 출전《유정지》〈대비백발옹〉-

桑 뽕나무 상 : 桑果(상과), 桑麻(상마), 桑葉(상엽), 桑園(상원)

田 밭 전 : 田畓(전답), 田獵(전렵), 田園(전원), 田地(전지)

碧 푸를 벽 : 碧溪水(벽계수), 碧空(벽공), 碧眼(벽안), 碧玉(벽옥)

海 바다, 널리, 많이 모인 곳 해 : 海流(해류), 海洋(해양), 雲海(운해)

塞翁之馬 (새옹지마)

변방에 사는 늙은이의 말이라는 뜻으로,
인생의 길흉화복을 미리 예측할 수 없다는 말임

옛날 중국 북방 요새 근처에 점을 잘 치는 한 **늙은이(翁)**가 살고 있었다. 이 노인에게는 말이 있었는데, 어느 날 이 말이 오랑캐 땅으로 달아났다. 이를 본 마을 사람들이 노인을 위로하자 노인은 아무렇지도 않게 말했다.

"괜찮소. 혹시 또 알겠소? 이 일이 복이 될지."

그 일이 있은 후 몇 달이 지난 어느 날, 오랑캐 땅에 간 그 말이 준마와 함께 돌아왔다. 마을 사람들이 이를 부러워하자, 노인은 기뻐하는 내색이 없이 말했다.

"아니오. 혹시 또 알겠소? 이 일이 화가 될지."

그런데 어느 날, 이 노인의 아들이 준마를 타고 놀다가 떨어져 다리가 부러졌다. 이를 위로하자 역시 슬퍼하는 기색 없이 말했다.

"괜찮소. 혹시 또 알겠소? 이 일이 복이 될지."

그 후 1년이 지난 어느 날, 오랑캐가 쳐들어오자 마을의 청년들은 이들을 **막고자(塞)** 싸우다가 모두 전사했다. 그러나 노인의 아들은 말에 떨어진 뒤 장애인이 되어 전쟁에 나가지 않아 무사히 살아남았다.

- 출전 《회남자》〈인생훈〉-

塞 **변방 새, 막을 색** : 要塞(요새), 塞源(색원), 塞責(색책), 窘塞(군색)

翁 **늙은이 옹** : 翁壻(옹서), 翁媼(옹온), 翁主(옹주), 漁翁(어옹)

西施矉目 (서시빈목)

서시가 눈살을 찌푸린다는 뜻으로, 왜 그런지 이유도 모르고
무조건 남이 하는 대로 흉내를 낸다는 말임

　춘추시대 말엽, 월나라는 오나라와의 싸움에서 패했다. 그것을 만회하기 위해 월왕은 오왕의 마음을 흐트러 놓기 위해 절세의 미인 서시를 바쳤다. 그러나 서시는 **서쪽(西)**의 고향에 대한 향수로 가슴앓이를 앓아 결국 고향으로 돌아왔다. 그런데 그녀는 길을 걸을 때에도 가슴의 통증 때문에 늘상 눈살을 찌푸리고 다녔다. 하지만 눈살을 찌푸려도 워낙 미모가 뛰어났기에 예뻤다.

　이것을 본 그 마을의 못생긴 여인이 자기도 **눈(目)**살을 **찡그리고(矉)** 다니면 서시처럼 사람들이 **좋아하는 모양(施)**이 되는 줄 알고 그대로 흉내를 냈다. 그 모습을 본 마을 사람들은 수군거리며 말했다.

　"그렇지 않아도 못생긴 여자가 눈살까지 찡그리고 다니니 도저히 볼 수가 없구만."

- 출전 《장자》〈천운편〉-

西 서쪽 서 : 西歐(서구), 西風(서풍), 東問西答(동문서답)
施 베풀 시, 좋아하는 모양 이 : 施賞(시상), 施主(시주), 施行(시행), 施施(이이)
矉 찡그릴 빈 : 矉蹙(빈축)
目 눈, 볼, 제목, 요점 목 : 目擊(목격), 目錄(목록), 目標(목표), 要目(요목)

先始於隗(선시어외)

먼저 높은 곳에서부터 시작하라는 뜻으로,
무슨 일을 시작할 때 가까이에 있는 나부터 시작하라는 말임

전국시대, 연나라가 영토의 대부분을 제나라에 빼앗기고 있을 때이다. 이런 어려운 시기에 즉위한 소왕은 재상 곽외에게 잃은 땅을 다시 찾고자 하기 위해 필요한 인재를 모으는 방법을 물었다. 곽외는 이렇게 대답했다.

"전하, 제가 예전에 들은 이야기가 있습니다. 옛날 어느 왕이 천금을 가지고 천리마를 구하고자 했으나 3년이 지나도 얻지 못했습니다. 그러던 어느 날, 궁에서 잡일을 보는 신하가 천리마를 구해 오겠다며 천금을 가지고 떠났습니다. 그런 일이 있은 지 석 달이 지나 천리마가 있는 곳을 알게 되어 그 곳으로 갔지만, 천리마는 죽은 지 며칠이 지난 후였습니다. 그런데 그 신하는 죽은 천리마의 뼈를 오백금이나 주고 사왔습니다. 임금은 그를 보고, 내가 원한 것은 산 천리마이지, 죽은 천리마의 뼈가 아니다. 누가 죽은 말뼈를 오백금이나 주고 사오라고 했느냐라며 꾸짖었습니다. 그러자 신하가 말하기를 죽은 말의 뼈를 오백금이나 주고 샀다는 소문이 전국 방방곡곡에 난다면 사람들은 산 천리마는 더 많은 돈을 줄 것이라 생각하고 반드시 천리마를 끌고 올 것이라고 대답했습니다.

과연 그의 말대로 1년이 되지 않아 천리마가 세 필이나 되었다 합

니다. 그러니 전하께서도 훌륭한 인재를 구하고자 하신다면 **먼저(先)** 저 곽외**부터(於)** 귀하게 대접해 주십시오. 그러면 저 같은 사람도 **높은(隗)** 대접을 받는다면 저보다 훨씬 현명하고 덕망있는 인재들이 많이 모여들 것입니다."

소왕은 곽외의 말을 듣고 수긍하여 그를 위해 궁전을 짓고 극진히 대우해 주었다.

이 일이 전국 방방곡곡에 알려지자 세상의 모든 인재들이 연나라로 몰려들었다. 그 중에는 조나라 명장 악의, 음양설의 으뜸인 추연, 대정치가의 극신과 같은 큰 인물도 있었다. 이들의 도움으로 소왕은 **비로소(始)** 제나라를 무찌르고 오랜 소원을 이루게 되었다.

- 출전 《전국책》〈연책 소왕〉-

先 먼저, 앞설 선 : 先見之明(선견지명), 先驅者(선구자), 先親(선친)

始 비로소, 처음 시 : 始動(시동), 始終一貫(시종일관), 開始(개시)

於 어조사 어, 탄식하는 소리 오 : 於乎(오호), 於戲(오희)

隗 높을 외 : 先從隗始(선종외시)

先則制人 (선즉제인)

먼저 선수를 치면 남을 제압할 수 있다는 뜻임

진나라 시황제가 죽고 나서도 폭정이 계속되고 나라가 혼란에 빠지자, 900여 명의 농민군을 이끌고 항거한 진승과 오광은 단숨에 진에 입성했다. 그리고 이 곳에 장초라는 나라를 세우고, **법도(制)**를 세우고 왕위에 오른 진승은 옛 6개국의 귀족들과 그 밖의 반대 세력을 통합하여 진나라 도읍 함양을 향해 진격했다. 이에 자극을 받은 강동의 회계 군수 은통은 오중에 있는 항량을 불러 의논했다. 항량은 옛 초나라 명장이었던 항연의 아들로 고향에서 살인을 하고 조카인 항우와 함께 오중으로 도망 온 다음, 뛰어난 통솔력을 발휘하여 오중의 실력자가 된 사람이다.

"지금 강서 지방에서는 모두 진나라에 반기를 들었는데, 이것은 하늘이 진나라를 멸망시킬 수 있는 하늘이 준 기회요. 내가 듣기로는 먼저 선수를 치면 남을 제압할 수 있고, 나중으로 뒤지면 역으로 남에게 제압을 당한다고 했소. 그래서 나는 당신과 환초를 장군으로 삼아 군사를 일으키려 하오."

이렇듯 은통은 항량을 이용하여 출세하고자 하는 자신의 속마음을 속이고 말했다. 하지만 항량은 이런 은통의 마음을 다 알고 있는 한 수 위인 **사람(人)**이었다.

"군사를 일으키려면 이웃 나라에 피신해 있는 환초부터 찾아야 하지 않겠습니까? 그런데 그의 행방을 아는 사람은 오직 제 조카 항우뿐입니다. 지금 밖에 와 있으니 그를 불러 환초를 찾아오게 하시지요."

"그럼, 그를 들어오게 하시오."

항량은 밖에서 기다리고 있던 항우를 부르고, 항우가 다가오자 항량은 귓속말로 이렇게 말했다.

"내가 눈짓으로 신호를 보낼 테니 너는 지체 말고 **곧(則)** 은통의 목을 쳐라."

이렇게 일러두고 안으로 데리고 왔다. 항량은 항우가 인사를 마치자 눈짓으로 신호를 보내었다. 항우는 기다렸다는 듯이 달려들어 은통의 목을 단칼에 쳤다. 항량과 항우가 먼저 선수쳐서 은통을 제압한 것이다. 항량은 곧이어 관아를 점령하고 회계 군수가 되어 8천여 명의 군사를 이끌고 함양을 공격하다 전사했고, 항량의 뒤를 이어 회계 군사가 된 항우는 유방과 더불어 진나라를 멸망시켰으나 유방과 천하의 패권을 다투다 패배하여 자결했다.

- 출전 《사기》〈항우본기〉, 《한서》〈항적전〉-

則 곧 즉, 법칙 칙/측 : 然則(연즉), 規則(규칙), 法則(법칙), 天則(천칙)
制 억제할, 법도, 정할 제 : 制度(제도), 制御(제어), 制定(제정), 制限(제한)
人 사람 인 : 人格(인격), 人類(인류), 人民(인민), 人品(인품), 人權(인권)

少年易老 學難成 (소년이로 학난성)

소년은 늙어지기 쉬우나 학문은 이루기가 어렵다는 뜻임

　이 말은 송나라 이학을 집대성한 주자의 《주문공문집》〈권학문〉에
나오는 시의 첫 구절이다. 그 내용은 다음과 같다.

　**"나이(年)가 적은(少) 소년은 늙어지기(老) 쉬우나(易) 학문은 이루
기가 어렵다(難).** 한 순간은 빛처럼 순식간이지만 그 순간순간을 조
금이라도 가볍게 여기고 헛되이 보내지 말라. 연못가의 풀이 겨울잠
에서 취해 봄을 깨닫지도 못한 채 계단 앞의 오동나무 잎이 가을을
알리는구나."

- 출전 《주문공문집》〈권학문〉-

少 젊을, 적을 소 : 少年(소년), 少數(소수), 少壯派(소장파), 多少(다소)

年 해, 나이 년 : 年監(연감), 年金(연금), 年輪(연륜), 年輩(연배),

易 쉬울 이, 바꿀 역 : 安易(안이), 容易(용이), 交易(교역), 貿易(무역)

老 늙을, 익숙할, 어른 로 : 老鍊(노련), 老衰(노쇠), 老熟(노숙), 元老(원로)

難 어려울, 난리 난 : 難關(난관), 難色(난색), 非難(비난), 難攻不落(난공불락)

脣亡齒寒 (순망치한)

입술을 잃으면 이가 시리다는 뜻으로,
이웃나라나 가까운 사이의 한쪽이 망하면 다른 한쪽도
안전하기 어렵다는 말을 비유하거나 서로 도와 떨어질 수 없는 밀접한 관계를 말함

춘추시대 말엽, 진나라 문공의 아버지 헌공이 괵, 우 두 나라를 공격하려 할 때의 일이다. 괵나라를 치기로 결심한 헌공은 우나라 우공에게 길을 빌려 달라고 제안을 했다. 우나라는 괵나라를 치려면 반드시 거쳐 가야 하는 통과국이었기 때문이었다. 우공은 많은 재물을 주겠다는 헌공의 제안을 수락하려 하자 중신 궁지기가 극구 말리면서 간청했다.

"전하, 괵나라와 우나라는 한몸이나 다름이 없는 사이입니다. 따라서 괵나라가 망하면 우나라도 망할 것입니다. 옛 속담에 **입술(脣)**을 **잃으면(亡) 이(齒)**가 **시리다(寒)**는 말이 있습니다. 이 말은 괵나라와 우나라 사이를 말하는 것과 마찬가지입니다. 그런데 괵나라를 치라고 길을 빌려주시겠다는 말씀은 말도 안된다고 생각합니다. 다시 한 번 생각해 보십시오."

하지만 재물에 눈이 어두운 우공은 궁지기의 간언에도 불구하고 길을 내주고 말았다. 그러자 궁지기는 화가 미칠 것을 두려워하여 일가들을 모두 이끌고 우나라를 떠났다. 얼마 지나지 않아 그 해 겨울, 괵나라를 멸하고 돌아가던 진나라 군사는 궁지기의 말대로 우나라를 공격하고 우공은 포로로 잡히고 말았다.

- 출전 《춘추좌씨전》〈희공오년조〉-

唇 입술 순 : 唇音(순음), 唇齒(순치), 丹唇皓齒(단순호치)

亡 망할 망, 없을 무 : 亡國(망국), 亡靈(망령), 亡命(망명), 死亡(사망)

齒 이, 나이, 벌일 치 : 齒德(치덕), 齒牙(치아), 齒列(치열), 年齒(연치)

寒 찰, 오싹할, 가난할 한 : 寒氣(한기), 寒村(한촌), 惡寒(오한), 寒亂(한란)

眼中之釘(안중지정)

눈 가운데에 박힌 못이라는 뜻으로,
몹시 싫거나 미워서 항상 눈에 거슬리는 사람을 일컫는 말임

　　당나라 말, 송주라는 곳에 악명 높은 탐관오리 조재례라는 사람이 있었다. 그는 백성에게 착취한 재물들을 고관대작들에게 상납하여 출세길에 오른 후에 세 왕조에 걸쳐 절도사를 역임한 인물이었다. 그러던 중에 송주에서 영흥 절도사로 전임하게 되자 송주의 백성들은 춤을 추며 기뻐했다.

　　"그 악랄한 탐관오리 조재례가 떠나게 되었으니 이제 마음 편히 살 수 있게 되었군."

　　"정말 기쁜 일이 아닐 수 없네. 그 자는 마치 우리들에게는 **눈(眼) 속에(中)** 박힌 **못(釘)**과 같은 존재였는데 그 못이 빠진 듯 시원하군."

　　백성들이 기쁨에 겨워 이렇듯 한마디씩 서로 주고받았다. 이 말을 전해들은 조재례는 화가 나서 보복하기 위해 1년만 더 연장시켜 줄 것을 조정에 간청했다. 그 청원이 수용되자 그는 즉시 못을 빼기 위한 돈이라는 뜻의 발정전을 만들고 1천 냥씩 납부하라는 명령을 내렸다. 가난에 쪼들려 못낸 백성들은 가차없이 투옥하거나 태형에 처했다. 이렇듯 수단과 방법을 가리지 않고 착취한 돈이 1년간 무려 100만 관이 넘었다고 한다.

- 출전《신오대사》〈조재례전〉-

眼 눈, 요점 안 : 眼光(안광), 眼科(안과), 眼瞼(안검), 砲眼(포안), 慧眼(혜안)

中 가운데, 사이, 맞을 중 : 中間(중간), 中毒(중독), 命中(명중), 心中(심중)

釘 못 정 : 釘頭(정두), 押釘(압정), 竹釘(죽정)

暗中摸索(암중모색)

어둠 속에서 손으로 더듬어 찾는다는 뜻으로,
확실하게 모르고 어림짐작하거나 추측한다는 말임

중국 역사상 유일한 여자 황제였던 당나라 측천무후 때의 일이다. 이 당시에 허경종이라는 학자가 있었는데, 그는 경박하고 게다가 방금 만났던 사람조차 기억하지 못할 정도로 건망증이 심한 사람이었다. 어느 날 허경종의 친구가 그의 건망증에 대해 비웃으며 놀렸다.

"자네처럼 건망증이 심한 사람이 어찌 학자라 할 수 있겠나."

이 말을 듣던 허경종은 대답했다.

"자네 같이 이름 없는 사람이야 기억할 수 없겠지만, 하안이나 유정, 사령운 같은 문장의 대가를 만난다면 **어둠(暗)** 속에서 손을 **더듬어(摸)**서라도 **찾을(索)** 수 있다네."

- 출전 《수당가화》-

暗 어두울, 흐릴, 가만히, 외울 암 : 暗記(암기), 暗澹(암담), 暗室(암실)
摸 더듬어 찾을, 본뜰 모/막 : 摸刻(모각), 模倣(모방), 摸寫(모사)
索 찾을 색, 쓸쓸할 삭 : 索引(색인), 思索(사색), 探索(탐색), 索莫(삭막)

漁父之利(어부지리)

어부의 이득이라는 뜻으로, 양쪽이 다투는 사이에
제 삼자가 힘들이지 않고 이득을 얻는다는 말임

전국시대 때의 일이다. 조나라 혜문왕이 연나라를 침략하려 했지만 제나라가 많은 군사들을 연나라에 파병하여 기회만 엿보고 있던 차에 기근이 들자 바로 침략하려고 했다. 이것을 알게 된 연나라 소왕은 연나라를 위해 온 힘을 다한 소대를 보내 혜문왕을 설득해 주도록 부탁했다. 조나라에 도착한 소대는 그의 탁월한 말솜씨로 혜문왕을 설득했다.

"오늘 조나라에 들어오기 전에 역수라는 강변에서 이상한 광경을 보았습니다."

"그래, 무슨 이상한 광경을 보았는가?"

"강변을 지나가다 우연히 보았는데, 조개가 조가비를 벌리고 햇볕을 쬐고 있었습니다. 이 때 갑자기 도요새가 날아와 뾰족한 부리로 조갯살을 쪼아먹으려 하자 깜짝 놀란 조개는 화가 나서 조가비를 꽉 닫고 놓아주지 않았습니다. 그러자 다급해진 도요새는 '이대로 오늘도 내일도 비가 오지 않으면 넌 말라서 죽을 것이다.' 라고 하자, 조개도 지지 않고 '내가 오늘도 내일도 꽉 물고 있다면 너야말로 굶어 죽고 말 것이다.' 라고 맞대응 하면서 한 치의 양보도 없이 팽팽하게 맞서고 있었습니다. 이 때 마침 이 곳을 지나가던 **고기 잡는(漁)** 어부가 그 모습을 보고 둘 다 잡아 집으로 돌아갔습니다. 지금 전하께서는 연나라를 치려고 하십니다. 하지만 이것은 연나라가 조개라면 조나라는 도요새입니다. 연·조 두 나라가 싸우게 된다면 백성들은 더욱 더 피폐해져서 인접해 있는 강대한 진나라가 어부가 되어 맛있는 국물을 다 마셔 버리는 형국이 될 것입니다. 이것은 진나라만 **이롭게 (利)** 하는 것입니다."

소대의 말을 다 들은 혜문왕 역시 백성의 **아버지(父)**답게 그의 말 뜻을 알고 연나라를 침공할 계획을 철회하였다.

- 출전 《전국책》〈연책〉 -

漁 고기 잡을, 빼앗을 어 : 漁撈(어로), 漁網(어망), 漁父(어부), 漁奪(어탈)

父 아버지 부 : 父系(부계), 父傳子傳(부전자전), 父親(부친), 嚴父(엄부)

利 이로울, 날카로울, 편리할 리 : 利器(이기), 利尿(이뇨), 勝利(승리), 便利(편리)

五里霧中 (오리무중)

사방 오리에 안개가 덮여 있는 속이라는 뜻으로,
사물의 행방이나 사태의 추이를 알 수 없음을 말함

후한 순제 때의 일이다. 그 당시 학문이 뛰어난 장해라는 선비가 있었다. 순제가 여러 번 그를 등용하여 인재로 삼으려 했지만 그는 병을 핑계로 수락하지 않았다. 장해는 《춘추》〈고문상서〉에 통달한 학자로 거느리고 있는 문하생만 해도 100명이 넘었다.

또한 학식과 덕망이 높은 선비들뿐만 아니라 귀족, 고관대작, 환관들까지 인재로 삼기를 바라고 그를 찾아왔으나 그는 이들을 피해 화음산 기슭에 자리한 고향 **마을(里)**로 낙향하고 말았다. 그러나 고향에 돌아와서도 찾아 온 사람들로 문전성시를 이루어 그의 집은 북적댔다. 그런데 장해는 학문뿐만 아니라 도술에도 능하여 그는 방술로써 사방 **5(五)**리에 **안개(霧)**를 만들었다.

- 출전 《후한서》〈장해전〉-

五 다섯 오 : 五福(오복), 五十步百步(오십보백보), 五戰(오전)
里 마을 리 : 里數(이수), 里程標(이정표), 洞里(동리), 一瀉千里(일사천리)
霧 안개 무 : 霧散(무산), 霧雨(무우), 霧砲(무포), 濃霧(농무)

吳越同舟 (오월동주)

적인 관계에 있는 오나라 사람과 월나라 사람이
같은 배를 타고 있다는 뜻으로 서로 적의를 품은 원수끼리
함께 있음을 말하거나 한 가지 목적을 달성하기 위한 필요성이 있다면 적이라도 서로 돕는다는 말임

춘추시대 오나라의 손무가 쓴 중국의 유명한 병서로 《손자병법》이라는 책이 있다. 여기의 〈구지편〉에는 다음과 같은 글이 있다.

"병(兵)을 쓰는 법에는 아홉 가지 지(地)가 있다. 이 아홉 가지 지 중에 마지막의 것을 사지라 한다. 망설임 없이 일어서서 싸우면 살길이 있고, 기가 꺾여 망설이면 패하고 마는 필사의 지이다. 따라서 사지에 있을 때에는 반드시 싸워야 살 길이 생긴다. 앞으로 나아갈 수도 뒤로 물러설 수도 없는 필사의 싸움터에서는 병사들이 한마음, 한뜻이 되어 필사적으로 싸울 수밖에 없기 때문이다. 이 때 뛰어난 장수의 용병술은 마치 상산에 서식하는 솔연이라는 큰 뱀의 몸놀림과 같아야 한다. 그 뱀의 머리를 치면 꼬리가 날아오고 꼬리를 치면 머리가 덤벼들며, 몸통을 치면 머리와 꼬리가 한꺼번에 덤벼드는 것처럼 세력을 하나로 합치는 것이 중요하다. 옛날부터 서로 적대 관계인 **오나라**(吳) 사람과 **월나라**(越) 사람이 **같은**(同) **배**(舟)를 타고 강을 건넌다고 하자. 강 한복판에 이르렀을 때 강한 바람이 불어 배가 뒤집히려 한다면 오나라 사람이나 월나라 사람은 평소 가지고 있던 적개심은 잊고 서로 오른손 왼손이 되어 필사적으로 도울 것이다. 바로 이것을 말함이다. 전차의 말들을 서로 단단히 붙들어 매고 바퀴를 땅

에 묻고서 적에게 그 방어벽을 파괴당하지 않으려 해 봤자 최후까지 믿는 것은 그것이 아니다. 마지막까지 믿게 되는 것은 오로지 필사적인 마음으로 하나가 되어 뭉치는 병사들의 마음인 것이다."

- 출전 《손자》〈구지편〉-

吳 오나라 오 : 吳藍(오람), 吳越(오월), 吳吟(오음)

越 나라이름, 넘을, 뛰어날 월 : 越權(월권), 越等(월등), 越便(월편)

同 같을, 화합할 동 : 同感(동감), 同苦同樂(동고동락), 同胞(동포), 和同(화동)

舟 배 주 : 舟車(주거), 舟師(주사), 舟軍(주군), 一葉片舟(일엽편주)

溫故知新(온고지신)

옛날 것을 익혀서 새 것을 안다는 뜻임

　공자는 《논어》〈위정편〉에 이렇게 말했다.
　"옛날(故) 것을 익히어(溫) 새(新) 것을 알면(知) 이로써 남의 스승
이 될 수 있다."
　이 말뜻은 다른 사람의 스승이 되는 사람은 고전에 대해 박식하게
아는 것만으로는 안 된다. 고전을 연구하고 익혀서 그것에 현대나 미
래에 적용될 수 있는 새로운 도리나 이치를 깨닫지 않으면 안 된다는
것을 말한 것이다. 다시 말해서, 고전의 근본 정신을 잘 알아서 새로
운 지식을 바르게 적용하여 인식한다면 훌륭한 스승이 될 수 있으니,
학문을 이러한 방법으로 탐구하여 노력한다면 참다운 학문을 닦을
수 있다는 말이다.

- 출전 《논어》〈위정지〉-

溫 따뜻할, 복습할 온 : 溫度(온도), 溫床(온상), 溫順(온순), 體溫(체온)
故 연고, 옛, 죽을 고 : 故事(고사), 故意(고의), 故人(고인), 無故(무고)
知 알, 주장할 지 : 知覺(지각), 知能(지능), 知德(지덕), 諒知(양지)
新 새로울 신 : 新規(신규), 新聞(신문), 新春(신춘), 新婚(신혼), 新設(신설)

蝸角之爭(와각지쟁)

달팽이 뿔 위에서의 싸움이라는 뜻으로,
큰 나라에는 아무런 영향이 미치지 못하는 작고 쓸데없는
싸움을 말하거나, 하찮은 일로 실랑이하는 인간 세계의 덧없고 헛됨을 비유한 말임

전국시대, 양나라 혜왕은 제나라 위왕이 굳은 조약을 어긴 것에 대한 응징책을 마련하고자 중신들과 논의했지만 의견이 분분하여 결론을 내릴 수 없었다. 그래서 재상 혜자가 데리고 온 현인으로 이름난 대진인에게 의견을 물었다.

"전하, 달팽이라는 미물이 있는데, 혹시 그것을 보셨습니까?"

"물론 보았소."

"그 달팽이의 왼쪽 촉각 위에는 촉씨라는 자가, 오른쪽 촉각 위에는 만씨라는 자가 각각 나라를 세우고 있었습니다. 어느 날 그 두 나라는 영토를 서로 갖기 위해 **다투었는데**(角), 죽은 자가 수만 명에 이르고 도망가는 적을 쫓아간 지 15일 만에 전쟁을 그만 두었다 합니다."

이 말은 들은 혜왕은 어이없다는 듯이 "허허, 그런 엉터리 같은 말이 어디 있소?" 하고 되물었다.

"그렇다면 전하, 이 우주의 사방 상하에 끝이 있다고 생각하십니까?"

"끝이 있다고도 없다고도 생각하지는 않소."

"그렇습니다. 전하, 우리가 알지 못하는 우주의 무궁한 세계에 있는 자에게는 사람이 살고 있는 지상의 나라 따위는 있는 것도 같고 없는 것도 같은 하찮은 것이라 할 수 있습니다. 그 나라들 가운데에

는 위나라가 있고, 위나라 안에 도읍 대량이 있으며, 그 도읍의 궁궐 안에 전하가 계십니다. 이렇듯 우주의 무궁함에 비한다면, 지금 제나라와 전쟁을 하시려는 전하와 **달팽이(蝸)** 촉각 위의 촉씨나 만씨가 **싸우는(爭)** 것과 무슨 차이가 있겠는지요."

　도교를 믿고 그 학문을 닦는 사람답게 대진인은 혜왕의 무지함을 깨닫게 하고자 자신의 의견을 빗대어 말을 마치고 물러가자, 혜왕은 제나라와 싸울 계획을 포기한 채 "대진인은 성인도 미치지 못한 대단한 인물이오."라고 혜자에게 말했다.

- 출전 《장자》〈즉양편〉-

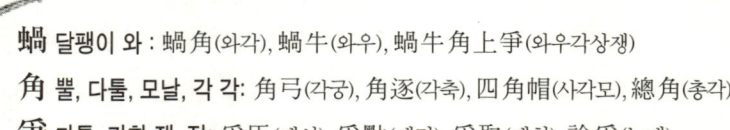

蝸 달팽이 와 : 蝸角(와각), 蝸牛(와우), 蝸牛角上爭(와우각상쟁)

角 뿔, 다툴, 모날, 각 각: 角弓(각궁), 角逐(각축), 四角帽(사각모), 總角(총각)

爭 다툴, 간할 쟁, 정: 爭臣(쟁신), 爭點(쟁점), 爭取(쟁취), 論爭(논쟁)

臥薪嘗膽(와신상담)

**땔감나무 위에 누워서 쓸개를 맛본다는 뜻으로, 원수를 갚기 위하거나
어떤 목적을 달성하기 위해 온갖 괴로움을 참고 견디며 심신을 단련하여 기회를 기다린다는 말임**

춘추시대, 주경왕 24년 때의 일이다. 오나라 합려왕은 월나라를 치기 위해 군사를 이끌고 월나라를 공격하다가, 월나라 구천왕에게 패하고 적의 화살에 맞은 부상으로 목숨까지 잃었다. 그는 죽기 전에 자신의 아들인 부차에게 반드시 구천을 쳐서 원수를 갚아 달라고 부탁하였다.

그 후에 오나라 왕이 된 부차는 자신의 아버지의 원한을 잊지 않기 위해 **땔나무(薪)** 위에 **누워(臥)** 잠을 자며, 자기 방을 드나드는 신하들에게 "부차야, 월나라 구천왕이 너의 아버지를 죽였다는 것을 잊어서는 안 된다."라는 말을 외치게 했다.

그 말을 들을 때마다 아버지의 원수를 갚겠다는 다짐을 하면서 은밀히 군사를 훈련시키고 때가 오기만을 기다렸다. 이 사실을 안 월나라 구천왕은 기선을 제압하려 선제 공격을 했으나 월나라 군사에게 대패하고 회계산으로 도망갔다. 그러나 결국 구천왕은 부처에게 사로잡혔지만 월나라의 재상 백비에게 뇌물을 받고 그를 풀어주어 원수를 갚지는 못했다.

부처의 신하가 된다는 굴욕적인 조건으로 고국에 돌아온 구천은 그 치욕스러움을 참지 못하고, 항상 곁에 **쓸개(膽)**를 놔두고 앉으나 서

나 그 쓴맛을 **맛보며(嘗)** 복수를 다짐했다.

　이렇게 12년이라는 세월이 흘렀다. 구천은 그동안 은밀히 훈련시
킨 군사들을 데리고 오나라로 쳐들어가서 부차를 굴복시키고 마침내
자신의 굴욕을 씻었다.

　그 후 구천은 부차를 대신하여 천하의 패자가 되었다.

- 출전《사기》〈월세가〉-

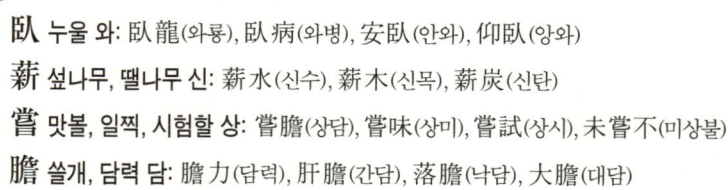

臥 누울 와: 臥龍(와룡), 臥病(와병), 安臥(안와), 仰臥(앙와)

薪 섶나무, 땔나무 신: 薪水(신수), 薪木(신목), 薪炭(신탄)

嘗 맛볼, 일찍, 시험할 상: 嘗膽(상담), 嘗味(상미), 嘗試(상시), 未嘗不(미상불)

膽 쓸개, 담력 담: 膽力(담력), 肝膽(간담), 落膽(낙담), 大膽(대담)

愚公移山(우공이산)

우공이 산을 옮긴다는 뜻으로,
어떤 큰 일이라도 끊임없이 노력하면 반드시 이루어진다는 말임

옛날에 태행산과 왕옥산 사이의 산기슭 좁은 땅에 우공이라는 90세의 노인이 살고 있었다. 그런데 이 두 산은 높이가 만 길이나 되고 사방 700리를 덮을 정도로 큰 산인데다 집 앞뒤를 가로막고 있어 다니기에 불편하였다. 그래서 어느 날 우공은 가족들을 모아 놓고 말했다.

"나는 저 두 산을 깎아 없애고, 평지로 만들어 왕래에 불편함을 덜고자 하는데, 너희들의 생각은 어떠하냐?"며 가족들의 의견을 물었다. 하지만 우공의 아내는 "연세도 많으신 당신이 어떻게 저 큰 산을 깎아 없앤단 말이시오. 또 파낸다 하더라도 그 파낸 흙은 어디다 버리려고 합니까?" 하고 반대했지만, 가족들 모두 찬성했기에 이튿날부터 일을 착수하기 시작했다. 이 일을 본 마을 사람 중 지수라는 사람이 비웃으며 말했다.

"죽을 날이 멀지 않은 노인이 망령이 나서 그런지 이름 그대로 미련하고 **어리석은(愚)** 노인이군."

이 말을 들은 우공은 태연히 말했다.

"이 일은 절대 불가능한 일이 아니다. 내가 이 일을 하다 다 못하고 죽으면 내 아들이 계속할 것이고, 또 그 아들이 죽으면 손자가 할 것이고, 또 그 손자가 죽으면 그 손자의 아들이 계속해서 할 것이다. 이

렇게 자자손손 계속한다면 언젠가는 이 **산(山)**들이 평평해질 것이다."

이 말을 들은 옥황상제는 우공의 끈기에 감동하여 두 아들에게 명령하여 태행산은 삭동 땅에, 왕옥산은 옹남 땅에 **공평하게(公) 옮겨(移)** 놓게 했다. 그래서 두 산이 있었던 기주와 한수 남쪽에는 작은 언덕조차 없다고 한다.

- 출전 《열자》〈탕문편〉-

내가
저두산을
꼭 없애겠다

愚 어리석을 우 : 愚見(우견), 愚弄(우롱), 愚昧(우매), 愚劣(우열)

公 공평할, 관청, 귀인 공 : 公共(공공), 公正(공정), 公益(공익), 公爵(공작)

移 옮길 이 : 移動(이동), 移民(이민), 移徙(이사), 移秧(이앙)

山 메, 무덤 산 : 名山大川(명산대천), 山林(산림), 山所(산소), 山積(산적)

有備無患(유비무환)

미리 갖추어져 있으면 근심이 없다는 뜻으로,
미리미리 사전에 모든 준비를 갖추고 있다면 뒤에 올 일에 대한 걱정이 없다는 말임

정나라가 어느 날, 송나라를 치기 위해 군사들을 출병하여 공격하자 송나라에서는 나라의 위급함을 진나라에 알리고 도와줄 것을 요청하였다.

진나라 도승은 송나라의 연락을 받은 즉시 노·제·조나라 등 12개의 나라에 이 사실을 알려 연합군을 편성하여 정나라 도성을 둘러싸고 정나라에게 송나라를 침략할 욕심을 버리라고 협박하였다. 정나라는 이러한 협박을 막아낼 방법이 없었기에 송·진·제 등의 12개국과 불가침 화해 조약을 맺게 되었다.

이에 초나라는 정나라가 북방으로 기울어진 것을 못마땅하게 여겨 정나라를 침략했다. 초나라의 강대함에 정나라는 도저히 이길 수 없다고 생각해 초나라와도 조약을 체결했다.

이러한 정나라의 태도에 불만을 가진 북방 12개국에서는 또 연합군을 파견하여 정나라를 쳤다. 힘에 부친 정나라는 화친을 요구했고 진나라가 이를 수락하자 그에 대한 감사의 뜻으로 수많은 보물을 선물로 위강에게 보냈지만 위강은 완강히 받기를 거부하면서 이렇게 말했다.

"아무런 걱정없이 편안히 지낼 때는 항상 위태로운 상황을 생각해

야 하고 그 위태로움을 생각한다면 항상 그에 대해 준비를 갖추어야 합니다. 그리고 충분한 준비가 **갖추어져(備) 있다(有)**면 **근심(患)**과 재난이 **없을(無)** 것입니다."

이 말을 들은 정나라 도공은 위강의 넓은 식견에 탄복하였다.

- 출전 《경서》〈춘추좌씨전〉-

有 있을, 또 유: 有口無言(유구무언), 有名(유명), 有識(유식), 保有(보유)

備 갖출 비: 備忘錄(비망록), 備荒(비황), 完備(완비), 準備(준비)

無 없을 무: 無窮(무궁), 無聊(무료), 無名(무명), 無常(무상), 無顔(무안)

患 근심 환: 患難(환난), 患者(환자), 憂患(우환), 疾患(질환), 後患(후환)

月下氷人 (월하빙인)

월하로와 빙상인이 합쳐진 말로, 결혼 중매인을 일컬음

당나라 태종 때의 일이다. 위고라는 젊은이가 **얼음(氷)**이 꽁꽁 얼을 정도로 추운 날씨에 여행을 하다가 **달(月)**빛 **아래(下)** 한 노인이 손에 빨간 끈을 쥔 채 책을 읽고 있는 모습을 보았다. 이를 본 위고는 "어르신, 지금 읽고 계신 책이 무슨 책입니까?"라고 묻자, 노인이 대답하였다.

"이 책은 세상 혼사에 관한 책인데, 이 책에 나와 있는 남녀를 이 빨간 끈으로 매듭을 지어 놓으면 아무리 사이가 나쁜 원수지간이라도 반드시 혼인하게 된다네."

위고는 자신의 처가 될 사람이 누구인지 궁금하여 물어 보았다.

"그렇다면 저의 짝은 지금 어디에 있는 누구입니까?"

"자네의 짝은 성 북쪽 송성에서 채소를 팔고 있는 진이라는 어린아이이네."

이 말을 듣고 위고는 기분이 상했지만 대수롭지 않게 생각하고 노인의 곁을 떠났다. 그로부터 14년이 지난 뒤 벼슬길에 나아간 위고는 그 곳 태수의 딸과 결혼했다.

어느 날 위고가 아내의 신상에 대해 물어보자 그녀는 이렇게 대답했다.

"저는 원래 태수님의 친딸이 아니라 양녀입니다. 친아버지는 송성

에서 벼슬을 사시다가 일찍 돌아가시고, 젖먹이로 마음씨 착한 유모
라는 **사람**(人)이 성 북쪽에서 채소 장사를 하면서 저를 정성껏 길러
주었습니다."

- 출전 《속유괴록》-

月 달 월: 月刊(월간), 月桂冠(월계관), 月蝕(월식), 歲月(세월), 正月(정월)
下 아래, 내릴 하: 下剋上(하극상), 下落(하락), 降下(강하), 落下(낙하)
氷 얼음 빙: 氷結點(빙결점), 氷山(빙산), 氷點(빙점), 氷山一角(빙산일각)
人 사람 인: 人格(인격), 人類(인류), 人民(인민), 人品(인품)

以心傳心(이심전심)

마음으로써 마음을 전한다는 뜻으로,
말을 안해도 마음에서 마음으로 뜻이 통한다는 말임

송나라의 스님 도언이 석가모니 이후 고승들의 법어를 기록한《전등록》에 보면 석가가 제자인 가섭에게 말이나 글로써 불교의 진수를 전한 것이 아니라, 마음과 마음으로 전했다는 말이 나온다. 이것에 대해 송나라의 스님 보제의《오등회원》에는 다음과 같이 씌어 있다.

어느 날 석가는 제자들을 영산에 불러모아 놓고, 그들 앞에서 손가락으로 한 송이 연꽃을 들고 말없이 비틀어 보았다. 석가가 왜 그랬는지 제자들은 그 뜻을 알 수 없었지만, 그들 중 가섭만이 그 뜻을 알고 빙그레 웃었다.

그제서야 석가는 가섭에게 말했다.

"나에게는 인간이 원래 갖추고 있는 마음의 뛰어난 덕인 정법안장과 번뇌를 벗어나 진리에 도달하는 마음인 열반묘심, 불변의 진리 실상무상, 진리를 아는 마음인 미묘법문, 언어나 경전에 의하지 않고 마음으로**써(以) 마음(心)**을 **전하는(傳)** 불립문자 교외별전이 있다. 이것을 너에게 전해 주마."

- 출전《오등회원》,《전등록》,《무문관》,《육조단경》 -

以 ~로써, 까닭, 또 이: 以實直告(이실직고), 以往(이왕), 所以(소이)

心 마음, 가슴, 가운데 심: 心境(심경), 心腹(심복), 心情(심정), 中心(중심)

傳 전할, 전기 전: 傳記(전기), 傳達(전달), 傳染(전염), 經傳(경전)

一擧兩得(일거양득)

한 가지를 들어 두 가지 이익을 얻는다는 뜻으로,
한꺼번에 많은 소득을 얻는다는 말임

진나라 혜문왕 때의 일이다. 중원으로의 진출이야말로 명실상부한
국가의 업적이라며 충원으로의 출병을 주장하는 재상 장의와는 다르
게 중신 사마조는 혜문왕에게 이렇게 간곡히 말씀드렸다.

"전하, 제가 듣기로는 부국을 원하는 군주는 먼저 국토를 넓히는데
힘써야 하고, 강병을 원하는 군주는 먼저 백성의 부에 힘써야 하며,
진정한 군왕이 되기를 원하는 군주는 먼저 덕을 쌓는데 힘써야 한다
고 합니다. 이 세 가지 요건이 갖춰지면 군왕의 업적은 자연히 이루
어지는 법입니다. 그러나 지금 진나라는 국토도 좁고 백성들은 빈곤
에 허덕이고 있는 실정입니다. 이러한 두 가지 문제를 한꺼번에 해결
하려면 먼저 막강한 진나라의 군사로 촉나라 땅의 오랑캐를 정벌하
는 길밖에 없습니다. 그렇게 되면 국토는 넓어지고 백성들의 빈곤도
해결되니 이것이야말로 한 가지를 **들어(擧) 두(兩)** 가지 이익을 **얻는
(得)** 일거양득이 아니겠는지요. 그러나 천하를 호령하기 위해 주나라
와 동맹을 맺고 있는 한나라 중원을 침략한다면 한나라는 제나라와
조나라를 통해서 초나라와 위나라에 도움을 요청할 것이 분명하고
주나라 구정은 초나라로 옮겨질 것입니다. 그러면 천자를 위협한다
는 악명만 얻을 뿐이옵니다."

혜문왕은 사마조의 진언에 따라 촉나라 땅의 오랑캐를 정벌하고 국토를 넓히고 백성들의 빈곤을 해소시켜 주었다.

- 출전 《춘추후어》, 《전국책》〈진책〉-

擧 들, 일으킬, 행할 거: 擧事(거사), 擧手(거수), 檢擧(검거), 列擧(열거)

兩 둘 량, 냥 냥: 兩家(양가), 兩脚(양각), 兩立(양립), 兩班(양반)

得 얻을, 깨달을, 만족할 득: 得失(득실), 得中(득중), 利得(이득), 自得(자득)

自暴自棄(자포자기)

자기 자신에게 사납고 자신을 버린다는 뜻으로,
스스로 자신을 학대하고 돌보지 않는 것을 말함

　전국시대, 맹자는 '자포' 와 '자기' 에 대해 《맹자》〈이루편〉에서 이렇게 말했다.

　"스스로 자신을 **사납게(暴)** 학대하는 사람과는 함께 대화를 나눌 수 없고, 자기 스스로를 버리는 사람과도 함께 행동할 수 없다. 말만 하면 예의 도덕을 헐뜯는 것을 **자신(自)**을 학대하는 것이라 하며, 예의 도덕을 인정하면서도 인이나 의라는 것은 자기와는 아무런 상관도 없다고 여기는 것을 스스로를 **버리는(棄)** 것이라 한다. 사람의 본성은 원래 선한 것이다. 그렇기 때문에 사람에게 있어서는 인은 편안한 집과 같은 것이며, 의는 사람에게 있어서 바른 길과 같은 것이다. 편안한 집을 비운 채 들어가 살려 하지 않으며, 올바른 길을 버린 채 그 길을 가지 않는 것은 실로 개탄할 일이구나."

- 출전 《맹자》〈이루편〉-

自 스스로, 저절로, 부터 자: 自家(자가), 自顧(자고), 自尊心(자존심), 自他(자타)
暴 드러낼, 지나칠, 갑자기 , 사나울 폭/포: 暴露(폭로), 暴惡(포악), 暴行(폭행)
棄 버릴 기: 棄權(기권), 廢棄(폐기), 抛棄(포기)

戰戰兢兢(전전긍긍)

무서워서 떨며 조심하는 모습을 말함

    이 말은 중국 최고의 시집인 《시경》〈소아편〉 중에서 '소민'이라는 시의 마지막 구절에 나오는데, 이 시의 내용은 모신이 군주 가까이에 있으면서 옛 법을 무시한 정치를 하고 있는 것에 대해 개탄하는 것으로 다음과 같이 실려 있다.

    "감히 무서워 맨손으로 법을 잡지 못하고, 감히 걸어서 강을 건너지 못한다. 사람들은 그 하나는 알고 있지만 그 밖의 기타의 것은 알지 못하네. **두려워서 벌벌 떨며(戰) 조심하기(兢)**를 마치 깊은 연못에 임하는 듯하고 살얼음을 밟고 가는 듯해야 하네."

- 출전 《시경》〈소아편〉 -

戰 싸울, 두려워 떨 전 : 戰術(전술), 戰慄(전율), 戰爭(전쟁), 戰鬪(전투)
兢 조심할, 삼갈 긍 : 兢戒(긍계), 兢懼(긍구), 兢兢業業(긍긍업업)

轉禍爲福(전화위복)

화를 바꿔 오히려 복이 되게 함이라는 뜻으로
나쁜 일이 오히려 복이 됨을 일컬음

전국시대 합종책으로 여섯 나라, 즉 한·위·조·연·제·초 6국의 재상을 겸임했던 종횡가 소진은 이런 말을 한 적이 있다.

"옛날에 일을 잘 처리하는 사람은 **화(禍)**를 **바꿔(轉)** 복(福)이 **되게(爲)** 했으며, 실패한 것을 바꾸어 공이 되게 했다."

이 말은 어떠한 불행한 일이라도 끊임없는 노력과 강인하고 굳은 의지로 이겨내면 반드시 행복으로 바꾸어 놓을 수 있다는 말이다.

- 출전 《전국책》〈연책〉-

轉 구를, 옮길 전 : 轉役(전역), 轉轉(전전), 轉籍(전적), 回轉(회전)

禍 재화, 재앙 화 : 禍根(화근), 禍福(화복), 災禍(재화)

爲 할, 될, 지을, 위할 위 : 爲國(위국), 爲人(위인), 無爲(무위), 當爲(당위)

福 복, 음복할 복 : 福券(복권), 福祉(복지), 多福(다복), 飮福(음복), 幸福(행복)

切磋琢磨 (절차탁마)

돌을 자르고 깎고 쪼고 갈고 닦아서 빛을 낸다는 뜻으로,
학문이나 기예 등을 힘써 갈고 닦음을 일컫는 말임

공자의 제자 중에 언변과 재주가 뛰어난 자공이 어느 날 공자에게
물었다.

"스승님, 가난하지만 남에게 아첨하지 않으며 부자이지만 교만하
지 않은 사람이 있다면 그건 어떤 사람일까요?"

"좋은 사람이다. 하지만 가난하지만 도를 즐기고, 부자가 되더라도
예를 좋아하는 사람만은 못하느니라."

공자의 대답을 듣고 자공은 또 이렇게 물었다.

"《시경》에 진정한 군자는 뼈나 상아를 잘라 간 것처럼, 또한 옥이
나 돌을 쪼아 닦은 것처럼 밝게 빛나는 것과 같다고 나와 있는데, 이
것은 스승님께서 말씀하신 수양을 거듭 쌓아야 한다는 것과 같은 말
인가요?"

공자는 이렇게 말했다.

"기특하구나, 자공아. 이제는 너와 함께 《시경》을 말할 수 있겠구
나. 과거의 것을 알려주면 미래의 것을 안다고 했듯이, 너 역시 하나
를 듣고 둘을 알 수 있는 인물이로구나."

- 출전 《논어》〈학이편〉, 《시경》〈위풍편〉-

切 끊을 절, 모두 체 : 切開(절개), 切斷(절단), 切實(절실), 一切(일체)

磋 갈 차 : 磋礱(차롱)

琢 쫄, 옥 다듬을 탁/착 : 琢句(탁구), 琢磨(탁마), 琢玉(탁옥)

磨 갈, 연자방아 마 : 磨滅(마멸), 磨石(마석), 磨崖佛(마애불), 磨擦(마찰)

井中之蛙(정중지와)

우물 안의 개구리라는 뜻으로, 식견이 좁음을 말함

왕망이 세운 신나라 말, 마원이라는 인재가 있었다. 그에게는 형들이 있었는데 모두 관리로 출세했다. 하지만 마원은 그들과 달리 관리가 되지 않고 고향에서 조상의 묘를 지키다가 외효라는 사람의 부하가 되었다.

그 무렵, 공손술은 촉나라 땅에 성나라를 세우고 황제를 사칭하며 세력을 키우고 있었다. 외효는 공손술이 어떤 사람인지 알아보기 위해 마원을 보냈다.

마원은 고향 친구인 자신을 공손술이 반갑게 맞아 줄 것이라 기대하고 찾아갔다. 하지만 공손술은 계단 아래 무장한 군사들을 도열시키고 위압적인 자세로 마원을 맞이했다.

거드름을 피우며 한다는 말이 "내가 옛 우정을 생각해서 자네를 장군으로 임명하고자 하는데 어떤가?" 하며 물었다. 하지만 마원은 공손술이 허세만 부리고 인재를 맞으려 하지 않은 모습을 보고 거절하고 서둘러 돌아와 외효에게 말했다.

"천하의 패권이 아직 결정되지 않았는데, 공손술은 예를 다하여 천하의 인재를 맞으려 하지 않고 허세만 부렸습니다. 이런 자가 어찌 천하를 도모할 수 있겠습니까? 공손술은 좁은 촉 땅에서 허세만 부리는 재주밖에 없는 **우물(井)** 안의 **개구리(蛙)**였습니다."

이 말을 들은 외효는 공손술과 손잡을 생각을 버리게 되었다.

- 출전 《후한서》〈마원전〉, 《장자》〈추수편〉 -

井 우물, 취락 정 : 井間(정간), 井然(정연), 井中觀天(정중관천), 市井(시정)

蛙 개구리, 음란할 와 : 蛙聲(와성), 井底之蛙(정저지와)

糟糠之妻(조강지처)

술재강과 쌀겨로 함께 지낸 아내라는 뜻으로,
어렵고 힘들 때 함께 고생했던 아내를 일컫는 말임

전한을 찬탈한 왕망을 멸하고 후한을 세운 광무제 때의 일이다. 어느 날, 광무제는 남편을 여의고 혼자가 된 누나인 호양공주를 불러 신하 중 누구를 마음에 두고 있는지 떠본 결과, 당당한 풍채와 덕성을 지닌 송홍에게 호감을 갖고 있다는 것을 알았다. 그 후 광무제는 호양공주를 병풍 뒤에 앉혀 놓고 송홍과 이런저런 이야기를 나누다 은근히 이런 질문을 했다.

"흔히 사람들은 높은 자리에 오르게 되면 친구를 바꾸고, 부유해지면 함께 동고동락했던 아내를 버린다는 것이 인지상정이라 하는데 어떻게 생각하시오?"

"전하, 죄송합니다만 저는 가난하고 천할 때의 친구는 잊지 말아야 하며, 술**재강(糠)**과 쌀**겨(糟)**로 끼니를 이어 먹을 만큼 힘들고 어려울 때 함께 고생했던 **아내(妻)**는 버리지 말아야 한다고 들었습니다. 이것이 사람의 도리라 생각됩니다."

이 말을 들은 광무제는 누나를 재가시키는 것이 어렵다고 생각했으며, 호양 공주 또한 크게 실망했다.

- 출전 《후한서》〈송홍전〉-

糟 재강 조 : 糟糠(조강), 糟粕(조박)

糠 겨, 자잘할 강 : 糠靡(강미), 糠雨(강우), 糠粥(강죽)

妻 아내, 시집 보낼 처 : 妻子(처자), 愛妻家(애처가), 夫妻(부처)

朝三暮四(조삼모사)

아침에 세 개, 저녁에 네 개라는 뜻으로, 당장 눈앞에 보이는 차이만 알고
그 결과가 같음을 모르는 것을 비유하거나 간사한 잔꾀로 남을 속여 희롱함을 말함

송나라에 저공이라는 사람이 있었다. 저공은 원숭이들을 자신의 친자식처럼 여겨 아끼고 사랑하였다. 심지어 가족들의 양식까지 퍼다가 먹일 정도로 원숭이를 좋아했으며, 좋아한 만큼 많은 원숭이들을 길렀다.

그래서인지 원숭이들도 저공을 많이 따르고 저공의 마음까지 알았다. 하지만 날이 갈수록 늘어만 가는 원숭이들 때문에 먹이를 주는 것이 점점 어려워졌다.

그래서 저공은 원숭이들에게 나누어 줄 먹이를 줄이기로 했다. 그러나 먹이를 갑자기 줄이면 원숭이들이 자기를 싫어할 것 같아서 한 가지 꾀를 내어 원숭이들에게 이렇게 말했다.

"내가 너희들에게 주는 먹이를 앞으로는 **아침(朝)**에는 **세(三)** 개, **저녁(暮)**에는 **네(四)** 개씩 나누어 주려고 하는데 너희들은 어떻게 생각하느냐?"

그러자 원숭이들은 모두 소리지르며 하나같이 화를 냈다. 아침에 주는 도토리 세 개로는 양이 차지 않기 때문이라는 것을 안 저공은, 이번에는 이렇게 말했다.

"그러면 아침에 네 개, 저녁에 세 개씩 주겠다. 이제 만족 하느냐?"

그러자 원숭이들은 모두 기뻐했다.

- 출전 《열자》〈황제편〉, 《장자》〈제물론〉-

朝 아침, 조정, 왕조 조 : 朝刊(조간), 朝夕(조석), 朝會(조회), 王朝(왕조)

三 석, 거듭 삼 : 三綱五倫(삼강오륜), 三寒四溫(삼한사온), 再三(재삼)

暮 저물, 늦을, 늙을 모 : 暮景(모경), 暮鐘(모종), 暮秋(모추), 歲暮(세모)

四 넉 사 : 四窮(사궁), 四分五裂(사분오열), 四通五達(사통오달), 四海(사해)

竹馬故友 (죽마고우)

옛날 어린 시절에 대나무로 만든 말을 타고 놀던 벗이라는 뜻으로, 어릴 적
소꿉친구이거나 어렸을 때부터 사귀었던 오랜 친구를 말함

간문제는 진나라 12대 황제인데 그 때의 일이다. 촉나라 땅을 평정하고 돌아온 환온의 세력이 나날이 커지자 간문제는 환온을 견제하기 위해 은호라는 은사를 양주자사라는 벼슬에 임명했다.

은호는 환온과 어렸을 때부터 친구로 지낸 사이로 학식과 재능이 뛰어난 인물이었다. 그러나 은호가 벼슬에 오르자 환온과 서로 견제하는 사이로 적이 되었다. 이를 안타깝게 여겨 화해시키고자 왕희지가 노력했지만 두 사람의 사이는 좀처럼 나아지지 않았다.

이 당시 후조의 왕 석계룡이 죽고 호족 사이에 왕위를 차지하려고 내분이 일어나자 진나라에서는 중원 땅을 회복하기 위한 기회로 삼아 은호를 중원장군에 임명했다. 중원장군에 임명된 은호는 군사를 이끌고 출병했으나, 도중에 말에서 떨어지는 바람에 제대로 싸우지 못하고 돌아왔다. 환온은 이 때를 기다렸다는 듯이 은호를 규탄하는 상소문을 올렸다. 결국 은호는 변방으로 귀양갔다. 귀양 간 환온은 사람들에게 이렇게 말했다.

"은호는 나와 **옛날(故)** 어린 시절 **대나무(竹)**로 만든 말을 타고 함께 놀던 **벗(友)**이었다. 놀다가 싫증이 나서 내가 대나무 말을 버리면 은호가 그 말을 늘 가져가곤 했다. 그러니 그가 나에게 머리를 숙여

야 하는 것은 당연한 일이 아닌가."

하지만 환온이 끝까지 은호를 용서해 주지 않음으로 해서 은호는 결국 변방의 귀양지에서 자신의 생애를 마감했다.

- 출전 《세설신어》〈품조편〉, 《진서》〈은호전〉-

竹 대나무 죽 : 竹林七賢(죽림칠현), 竹夫人(죽부인), 竹筍(죽순), 竹杖(죽장)

故 연고, 옛, 죽을 고 : 故事(고사), 故意(고의), 故人(고인), 無故(무고)

友 벗, 우애 우 : 友邦(우방), 友愛(우애), 友情(우정), 朋友責善(붕우책선)

指鹿爲馬(지록위마)

사슴을 가리켜 말이라고 한다는 뜻으로, 윗사람을 농락하여 마음대로
휘두르거나 잘못된 것을 남에게 우겨 끝까지 속이려 함을 말함

진나라 시황제가 죽자 측근 환관인 조고는 거짓으로 조서를 꾸며
태자 부소를 죽이고 어린 호해를 왕위로 세워 2세 황제로 삼았다. 조
고는 부소보다 어리석기 때문에 다루기 쉬워서였다.

조고는 어리석은 호해를 조종하여 자신을 싫어하는 많은 신하들을
죽이고 승상이 되어 조정의 실권을 장악했다. 그러나 그의 욕심은 그
칠 줄 몰라 황제의 자리까지 오르려는 야심을 가지고, 자기를 옹호하
는 편과 반대하는 편을 가리기 위해 호해에게 사슴을 바치면서 말했다.

"전하 이 말을 바치니 받아 주십시오."

"승상, 어찌 **사슴(鹿)**을 가리켜(指) 말이라고 **하시오(爲).**"

"분명 말입니다. 제 말이 맞는지 틀린지 의심이 되신다면 신하들에
게 물어 보시지요."

그래서 호해는 신하들에게 물어 보았다. 그러자 조고의 미움을 살
까 두려워한 신하들은 말이라고 했고, 몇몇의 신하들은 바른대로 사
슴이라 하였다. 그들을 눈여겨본 조고는 후에 그들을 모두 죽였다.
이런 일이 있은 뒤로는 조고가 무서워 조고의 말에 반대하는 사람이
하나도 없었다. 그러나 전국 각처에서 진나라를 타도하는 반란이 일
어나 천하는 곧 혼란에 빠지기 시작했다. 그 중 항우와 유방의 군사

가 도읍 함양을 향해 공격해 오자, 조고는 호해를 죽이고 부소의 아들 자영을 3세 황제로 삼았으나, 결국 조고 자신은 자영에게 죽임을 당하고 말았다.

- 출전 《사기》〈진시황본기〉-

指 손가락, 가르킬 지 : 指紋(지문), 指示(지시), 指摘(지적), 指標(지표)

鹿 사슴 록 : 鹿皮(녹피), 鹿茸(녹용), 逐鹿(축록)

爲 할, 위할 위 : 爲國忠節(위국충절), 當爲(당위), 無爲(무위), 行爲(행위)

創業守成 (창업수성)

일을 시작하기는 쉬우나 이룬 업적을 지키기는 어렵다는 뜻임

수나라 말의 혼란기에 군사를 일으켜 당나라를 창업한 당태종 이세민은 우선 사치를 경계하고, 천하 통일을 완수하고 국토를 넓혔으며, 제도적으로 민생 안정을 꾀하여 널리 인재를 등용하고 학문, 문화 창달에 힘씀으로 후세 군왕의 본보기로 삼는 성대를 이루었다. 이를 일컬어 정관의 치라고 한다. 이러한 정관의 치가 성공적으로 이루어질 수 있었던 것은 결단력이 뛰어난 두여회, 기획력이 뛰어난 방현령, 강직한 위징 등과 같은 여러 신하들이 태종을 잘 보필했기 때문이다.

어느 날, 태종은 이들 신하들이 모인 자리에서 다음과 같은 질문을 했다.

"일을 시작하는 것과 이룬 업적을 지키는 것, 어느 쪽이 더 어렵다고 생각하오?"

방현령이 대답했다.

"창업은 천하가 어지러울 때 여러 영웅들 가운데 최후의 승리자만이 이룰 수 있는 것인 만큼, 일을 **시작함(創)**이 더 어렵다고 생각합니다."

그러나 위징은 다른 대답을 했다.

"예로부터 임금의 자리는 어려움 속에서도 어렵게 얻은 것입니다. 그러나 안일하면 쉽게 잃게 됩니다. 그만큼 이룬 업적을 **지키는(守)**

것이 어려운 것으로 생각됩니다."

그 말을 듣고 있던 태종이 말했다.

"방현령은 나와 더불어 천하를 평정하는 일에 참가하여, 몇 번이나 목숨을 잃을 뻔하면서 천하를 얻었소. 그래서 창업이 더 어렵다고 말했을 것이오. 그리고 위징은 나와 함께 나라와 국민의 안정을 위해 노력하고 있기 때문에, 교만하고 사치함과 방심하면 나라가 혼란에 빠질 것을 두려워하여 수성이 더 어렵다고 했을 것이오. 그러나 이제 창업의 어려움은 끝났으니, 앞으로 그대들과 함께 수성의 **업(業)**에 힘쓸까 하오."

- 출전 《당서》〈방현령전〉, 《정관정요》〈군도편〉, 《자치통감》-

創 비롯할, 시작할, 상할 창 : 創刊(창간), 創傷(창상), 創痍(창이), 創造(창조)
業 업 업 : 業務(업무), 業報(업보), 業績(업적), 修業(수업), 職業(직업)
守 지킬, 살필 수 : 守備(수비), 守節(수절), 守護(수호), 看守(간수), 保守(보수)

天高馬肥 (천고마비)

하늘이 높고 말이 살찐다는 뜻으로,
하늘은 푸르고 오곡 백과가 무르익는 가을을 일컫는 말임

은나라 초엽, 중국 북방의 흉노는 주나라, 진나라, 한나라 3왕조를 거쳐 육조에 이르는 2000여년 동안 북방 변경의 농경 지대를 끊임없이 침범 약탈해 온 사나운 표범 같은 유목 민족이었다. 그래서 고대 중국의 군주들은 흉노족의 침입을 막기 위해 늘 고민했다. 전국시대에는 북방 변경에 성벽을 쌓았고, 진시황제 때에는 기존의 성벽을 다시 고쳐 건축하고 더 늘려 만리장성을 쌓은 것도 흉노족의 침입을 막기 위한 하나의 방편이었다. 이러한 노력에도 불구하고 흉노의 침입은 끊이지 않았다. 북방의 초원에서 방목과 수렵으로 살아가는 흉노에게는 초원이 얼어붙는 긴 겨울을 살아가야 할 양식이 필요했기 때문이다. 그래서 북방 변경 지역의 중국인들은 **하늘(天)**이 **높고(高)** 말이 **살찌는(肥)** 가을만 되면 언제 흉노족이 쳐들어 올 지 몰라 전전긍긍했다고 한다.

- 출전 《한서》〈흉노전〉-

天 하늘 천 : 天倫(천륜), 天文(천문), 天罰(천벌), 天然(천연), 天地(천지)
高 높을, 비쌀, 뛰어날 고: 高架(고가), 高見(고견), 高邁(고매), 高尙(고상)
肥 살찔, 거름 비: 肥大(비대), 肥料(비료), 肥沃(비옥), 堆肥(퇴비)

靑天霹靂 (청천벽력)

푸른 하늘에 벼락이라는 뜻으로,
생각지 않았던 무서운 일이나 갑자기 일어난 큰 사건이나 이변을 일컫는 말임

　이 말은 남송의 대시인 육유의 《검남시고》〈9월4일 계미명기작〉에 나오는 오언절구의 맨 끝 구절에 나오는 말이다.

　"방옹이 병으로 가을을 지내고, 문득 일어나 취한 듯이 붓을 들어 글을 지으니, 마치 오래 움츠렸던 용과 같이 **푸른(靑) 하늘(天)에 벼락(霹)**이 치는 듯 날아가네."

- 출전 육유의 《검남시고》〈구월사일계미명기작〉-

靑 푸를, 젊을 청 : 靑史(청사), 靑瓦(청와), 靑雲(청운), 靑春(청춘)

天 하늘 천 : 天倫(천륜), 天文(천문), 天罰(천벌), 天然(천연), 天地(천지)

霹 벼락 벽 : 霹棗木(벽조목)

靂 벼락 력 : 霹靂(벽력)

靑出於藍 (청출어람)

푸른색은 쪽빛에서 나왔지만 쪽빛보다 더 푸르다라는 뜻으로,
제자가 스승보다 더 나을 때를 이르는 말임

이 말은 전국시대, 성악설을 주장한 유학자 순자의 글에서 **나오는** **(出)** 말이다.

"학문은 잠시라도 그쳐서는 안 되는 것이다. 푸른색은 쪽빛에서 그 색을 취했지만 쪽빛보다 더 푸르고, 얼음은 물이 이루었지만 물보다 도 더 차다."

이렇듯 학문이란 끊임없이 계속되는 것이므로 중지해서는 안 되며, 청색이 **쪽빛(藍)**보다 더 푸르고, 얼음이 물보다 더 차듯이 스승보다 더 뛰어난 학문의 깊이를 가진 제자도 있을 수 있다는 말이다.

- 출전 《순자》〈근학편〉-

出 날, 낼 출/추 : 出嫁(출가), 出馬(출마), 出生(출생), 出張(출장), 露出(노출)
藍 쪽빛, 누더기, 절 람 : 藍縷(남루), 藍實(남실), 藍靑(남청), 伽藍(가람)

他山之石(타산지석)

다른 산의 쓸모없는 돌이라도 옥을 가는 데에 쓸모가 있다는 뜻으로,
다른 사람의 하찮은 행동이라도 자신의 지식이나 인격을 닦는 데에
도움이 된다는 말이거나 남의 잘못된 행동을 보고 자신의 행동을 돌이켜
올바로 행동하는 데 도움이 된다는 것을 일컫는 말임

이 말은 《시경》〈소아편〉'학명'에 나오는 구절로, 그 내용은 다음과 같다.

"학이 깊은 산 속에서 울어도 그 소리는 하늘까지 울려 퍼지고, 물가에서 노는 물고기라도 가끔씩 깊은 연못에 숨기도 한다. 즐거운 저 동산 위에는 의지하고 쉴 만한 한 그루의 박달나무 심어 있고 그 밑에는 닥나무가 있다. **다른(他) 산(山)의 돌(石)**이라도 이것으로써 옥을 갈 수 있다."

즉, 아무리 훌륭한 군자라도 소인에 행동을 보고 수양과 학덕을 쌓아 나가는 데 도움이 될 수 있다는 말이다.

- 출전 《시경》〈소아편〉-

他 다를, 남 타 : 他意(타의), 他鄕(타향), 自他(자타), 出他(출타)
山 메, 무덤 산 : 山高水長(산고수장), 山林(산림), 山所(산소), 名山大川(명산대천)
石 돌 석 : 石工(석공), 石器(석기), 石材(석재), 石炭(석탄), 石火(석화)

兎死狗烹 (토사구팽)

토끼 사냥이 끝나면 사냥개를 삶아 먹는다는 뜻으로,
필요할 때에는 긴요하게 쓰이다가 쓸모가 없어지면 미련없이 버려진다는 말임

한나라의 고조가 된 유방은 소하, 장량과 더불어 한나라를 세우는 데에 큰 업적을 세운 한신을 초왕으로 삼았다. 그런데 그 다음해, 항우의 신하였던 종리매가 한신에게 몸을 의탁하고 있다는 사실을 안 고조는, 한신에게 당장 압송하라고 명령했다. 왜냐하면 한고조는 예전에 종리매와 싸울 때 고전을 면치 못했던 것에 대한 원한이 되살아났기 때문이다. 그러나 한신은 고조의 명령을 어기고 오랜 친구인 종리매를 숨겨 주었다. 이로 인해 한신이 반역을 꾀하고 있다는 상소문이 올라왔고, 이에 더욱 화가 난 고조는 참모 진평의 계획에 따라 제후들에게 명령했다.

"제후들은 초나라 땅 진에서 대기하고 있다가 운몽호로 집결하도록 하여라."

고조의 명을 받자 한신은 이상한 조짐이 있을 거라 여기고 반기를 들까 했지만, 죄가 없는 이상 별일이 없을 것이라 생각하고 고조의 명령에 따르기로 했다. 그러던 어느 날, 한신의 부하 중 교활한 신하가 말했다.

"종리매의 목을 가져 가시면 전하께서 기뻐하실 것입니다."

이 말을 한신이 종리매에게 하자 종리매가 말했다.

"고조는 나를 두려워하고 있어 초나라를 치지 않는 것일세. 그럼에도 불구하고 자네가 나를 쳐서 내 목을 바치겠다면 당장 내 손으로 그렇게 해 주겠네. 하지만 그렇게 되면 자네도 무사하지 못할 것이라는 걸 잊지 말게나."하고는 스스로 목숨을 끊었다.

한신은 그 목을 가지고 한고조를 찾아갔다. 그러자 한고조는 한신을 역적으로 몰아 포박했다. 이에 한신이 분개하며 말하기를, "교활한 **토끼(兎)**를 **사냥하고 나면(死)** 쓸모가 없어진 사냥**개(狗)**는 **삶아(烹)** 먹히고, 하늘 높이 나는 새를 다 잡으면 좋은 활은 곳간에 버려지고, 적국을 쳐부수고 나면 지혜있는 신하는 버림을 받는다고 하더니, 한나라를 세우는 데 큰 공을 세운 내가 이제는 쓸모 없게 되니 죽게 되는 것은 당연하구나."고 통탄했다. 이 말은 들은 한고조는 차마 죽이지는 못했으나 회음후로 좌천시킨 후에 주거를 도읍인 장안에만 한정시켰다.

- 출전 《사기》〈회음후열전〉, 《십팔사략》, 《한비자》〈내저설편〉-

兎 **토끼 토** : 兎死狐悲(토사호비), 兎脣(토순), 兎影(토영)

死 **죽을, 생기 없을, 목숨 걸 사** : 死力(사력), 死生決斷(사생결단), 死線(사선)

狗 **개 구** : 狗盜(구도), 狗吠(구폐), 海狗(해구), 走狗(주구)

烹 **삶을 팽** : 烹茶(팽다), 烹頭耳熟(팽두이숙)

推敲 (퇴고)

밀고 두드린다는 뜻으로, 문장을 지을 때 글을 여러 번 생각하고
다듬어 고치는 일을 말함

당나라 시인 가도는 어느 날, 말을 타고 가다가 〈이응의 유거에 제
함〉이라는 시를 짓기 시작했다.

"나란히 있는 이웃들이 적은 한가로운 곳에 거하니 경사가 잡초로
덮인 오솔길은 황량한 정원으로 들어가 있고, 새는 연못 가장자리에
있는 나무에서 잠을 자고 중은 달 아래에 있는 문을 두드린다."

그런데 이 마지막 구절인 '~문을 두드린다'에서 **'두드린다(敲)'**
고 해야 할지 아니면 **'민다(推)'**라고 해야 할지 결정을 하지 못하고
고민하다가 그만, 마주 오던 고관의 행차와 부딪치고 말았다. 고관
행차에 방해했다는 무례를 저질러 가도는 말에서 끌어내려져 고관
앞으로 끌려왔다. 그 고관은 당대 대문장가로 이름난 한유였다. 한유
앞에 끌려온 가도는 길을 비키지 못함에 대해 먼저 사과하고 그 이유
를 말했다. 그 말을 들은 한유는 잠시 생각을 하다 가도에게 이렇게
말했다.

"내가 생각하기에는 민다는 '퇴(推)'보다는 두드린다의 '고(敲)'
가 더 좋다고 생각하네."

이를 계기로 그 후 두 사람은 친한 시우가 되었다.

- 출전 《당시기사》〈권사십 제이응유거〉-

推 밀 추/퇴, 천거할 추 : 推戴(추대), 推理(추리), 推移(추이), 推薦(추천)
敲 두드릴 고/교 : 敲門(고문)

破竹之勢(파죽지세)

대나무를 쪼개는 기세라는 뜻으로,
맹렬한 기세로 거침없이 아무런 저항도 받지 않고 진군함을 말함

진나라 무제는 삼국 중 유일하게 남아 있는 오나라를 공격하기 위해 진남 대장군 두예에게 출병 명령을 내렸다. 이에 마지막 일격을 가하기 위해 여러 장수들과 작전 회의를 열었다. 이 때 한 장수가 이렇게 건의했다.

"지금 당장 오나라를 치는 것은 어렵다고 생각됩니다. 왜냐하면 이제 곧 장마철이 될 텐데, 그렇게 되면 강물이 언제 넘칠지 모르고 전염병이 언제 돌지 모르기 때문입니다. 그러하니 일단 철수했다가 겨울에 다시 공격하는 것이 어떻겠습니까?"

이 말에 찬성하는 장수들도 많았지만 두예는 단호하게 거절하며 말했다.

"그것은 안될 말이오. 지금 우리 군사들의 사기는 **대나무(竹)를 쪼갤(破)** 수 있는 **기세(勢)**이오. 대나무란 처음 두세 마디만 쪼개면 그 다음은 칼날이 닿기만 해도 저절로 쪼개지는 법인데, 어찌 이런 하늘이 준 절호의 기회를 놓친단 말이오."

두예는 곧바로 오나라의 도읍을 단숨에 공격하고 오왕의 손호가 항복함에 따라 마침내 진나라는 삼국시대에 종지부를 찍으며 천하를 통일했다.

- 출전 《진서》〈두예전〉-

破 깨트릴, 다할, 짜갤 파 : 破鏡(파경), 破壞(파괴), 破産(파산), 走破(주파)

竹 대나무 죽 : 竹林七賢(죽림칠현), 竹夫人(죽부인), 竹杖(죽장), 竹筍(죽순)

勢 기세, 형세 세 : 勢道(세도), 勢力(세력), 時勢(시세), 去勢(거세)

暴虎馮河(포호빙하)

맨손으로 사나운 호랑이에게 덤비고 걸어서 황하를 건넌다는 뜻으로,
무모하고 위험한 행동이나 용기를 말함

공자는 수많은 제자 중에서 특히 안회를 가장 아꼈다. 그는 비록 가난하지만 가난 때문에 괴로워하지 않았고, 32세의 젊은 나이로 죽을 때까지 화를 남에게 내거나 잘못을 두 번 다시 반복하지 않았다고 한다. 이 안회에게 어느 날, 공자는 이렇게 말했다.

"나를 알아주는 군주가 나를 인재로 써 주면 나아가 도를 행하고, 그만 두어 벼슬을 버리게 되면 물러나 들어앉을 수 있는 사람은 나와 너 두 사람뿐일 것이다."

이 말을 듣던 자로가 은근히 샘이 나서 공자에게 물었다.

"스승님, 만일 대군을 이끌고 전쟁에 나가신다면 누구를 **의지하여** (馮) 함께 가실 것입니까?"

자로는 자신이라는 대답을 기대하며 물었지만, 공자는 굳은 표정으로 이렇게 대답했다.

"맨손으로 **사나운**(暴) **호랑이**(虎)에게 덤비고 맨발로 걸어서 황하의 **물**(河)을 건너려고 하는 무모한 행동을 하는 자와는 같이 하지 않을 것이다."

- 출전 《논어》〈술이편〉-

暴 드러낼, 지나칠, 갑자기 폭, 사나울 폭/포 : 暴露(폭로), 暴惡(포악), 暴行(폭행)

虎 호랑이, 범 호 : 虎口(호구), 虎視(호시), 虎穴(호혈)

馮 의지할, 증거 빙 : 憑河(빙하)

河 물 하 : 河床(하상), 河川(하천), 氷河(빙하), 黃河(황하)

風聲鶴唳(풍성학려)

바람소리와 학의 울음소리란 뜻으로, 아무 일도 안 하거나 하찮은 작은
일에도 겁먹은 사람은 몹시 놀라는 것을 말함

동진 효무제 때의 일이다. 5호 16국 중 전진의 3대 임금 부견이
100만 대군을 이끌고 쳐들어오자, 효무제는 사석과 사현에게 8만의
군사를 데리고 적과 맞서 싸우게 했는데 참모인 유로지가 5천 명의
군사로 적의 선봉을 격파하였다. 이 때 비수라는 강변에 진을 치고
있던 부견은 부하 장수들에게 이렇게 명령했다.

"일단 전군을 조금 후퇴시켰다가 적들이 강 한복판에 이르렀을 때
돌아서서 반격하라."

그러나 이 계획은 부견의 잘못된 계산이었다. 일단 후퇴하기 시작
한 전진군은 반격하기는커녕 강을 건넌 동진군이 사정없이 전진군을
공격해 왔기 때문에 멈춰 설 수도 없었다. 대혼란에 빠진 전진군은
서로 밟고 밟혀 수없이 많은 군사들이 물에 빠져 죽었다. 구사일생으
로 겨우 목숨을 건진 군사들은 겁을 먹은 나머지 **바람(風) 소리(聲)**와
학(鶴)의 **울음소리(唳)**만 들어도 동진군이 쫓아오는 줄 알고 도망가
기에 정신없었다고 한다.

- 출전 《진서》〈사현재기〉-

風 바람, 풍속, 경치, 모습 풍 : 風景(풍경), 風習(풍습), 風雲(풍운), 風采(풍채)

聲 소리, 노래, 이름, 밝힐 성 : 聲量(성량), 聲明(성명), 聲援(성원), 名聲(명성)

鶴 두루미 학 : 鶴首苦待(학수고대), 鶴髮雙親(학발쌍친)

唳 울 려 : 鶴唳(학려)

螢雪之功(형설지공)

**반딧불과 눈빛으로 공부하여 성공했다는 뜻으로,
가난과 어려운 역경을 딛고 열심히 고학한 결과 성공한 것을 말함**

진나라 차윤은 어릴 때부터 열심히 공부했다. 그러나 집안이 가난하여 밤에 책을 읽으려 해도 등잔불을 켤 기름 살 돈이 없었다. 그래서 여름에는 수십 마리의 반딧불을 잡아 비단 주머니에 넣어 그 불빛으로 책을 읽었다. 그는 나중에 상서랑이라는 벼슬에까지 이르게 되었다. 또 진나라 손강 역시 집안이 가난해 기름을 살 수 없었다. 그래서 그는 겨울에 창가에 쌓인 흰눈이 달빛에 반사되어 환해진 그 빛으로 책을 보았다고 한다. 그는 후에 어사대부라는 벼슬에까지 올랐다.

후세에 사람들이 이러한 사실을 듣고 가난함 속에서도 그 역경을 딛고 열심히 공부하여 후에 성공한 것을 보고 **반딧불(螢)**과 **눈(雪)**으로 **공(功)**부하여 성공했다는 말이 되었다.

- 출전 이한의 〈몽구〉-

螢 개똥벌레 형 : 螢光(형광), 螢光燈(형광등), 螢雪(형설)

雪 눈, 씻을 설 : 雪膚(설부), 雪上加霜(설상가상), 雪辱(설욕)

功 공, 복 입을 공 : 功過(공과), 功德(공덕), 功勞(공로), 大功(대공)

狐假虎威 (호가호위)

여우가 호랑이의 위엄을 빌린다는 뜻으로,
남의 권력과 위세를 빌어 거짓으로 자신의 것인 양 허세를 부린다는 말임

전국시대 초엽, 초나라 선왕은 그의 신하 강을에게 위나라를 비롯한 북방 제국이 초나라의 재상 소해휼을 두려워하고 있는지의 진위 여부를 물었다. 그러자 강을은 다음과 같이 대답했다.

"어느 날 호랑이에게 잡힌 **여우(狐)**가 꾀를 내어 호랑이에게 말했습니다. '**가령(假)** 네가 나를 잡아먹는다면 나를 모든 짐승의 우두머리로 정하신 **위엄(威)**하신 하느님의 명을 어기는 것이다. 내 말을 믿지 못하겠다면 당장 내 뒤를 따라오면 알게 될 것이다. 나를 보고 달아나지 않는 짐승이 한 마리라도 있는지를.' 그래서 호랑이가 여우의 뒤를 따라가 보니 정말 여우 말대로 만나는 짐승마다 놀라서 도망가는 것이었습니다. 사실 짐승들이 도망간 이유는 여우 뒤에 있는 호랑이 자신을 보고 도망간 것인데 호랑이는 이를 알지 못했습니다. 이것과 마찬가지로 지금 북방 제국들이 두려워하는 것은 소해휼이 아닌 그 배후에 있는 초나라의 막강한 군대와 전하 때문입니다."

- 출전 《전국책》〈초책〉-

狐 **여우 호** : 狐假虎威(호가호위), 狐狸(호리), 白狐(백호), 九尾狐(구미호)
假 **거짓, 임시, 빌릴, 너그러울, 가령 가** : 假貸(가대), 假令(가령), 假稱(가칭)
威 **위엄, 세력, 으를 위** : 威力(위력), 威信(위신), 威嚴(위엄), 威脅(위협)

浩然之氣(호연지기)

넓고도 큰 원기라는 뜻으로, 도리에 어긋나지 않고 공명 정대하여 조금도
부끄러울 바 없는 도덕적 용기나 사물에 얽매이지 않고 자유롭고 즐거운 마음을 일컫는 말임

전국시대 때의 일이다. 어느 날 맹자에게 제나라 출신의 공손추란 제자가 물었다.

"스승님이 제나라의 재상이 되셔서 도를 행하신다면 제나라를 확실히 천하의 패자로 만드실 것입니다. 그런 것을 생각하신다면 스승님 역시 마음이 동요되지 않습니까?"

"내 나이 마흔이 지난 후에는 마음이 동요되지 않았다."

"마음이 동요되지 않게 하는 방법은 무엇입니까?"

"그것은 한 마디로 용이다. 자기 마음속에 부끄러움이 없으면 아무 것도 두려울 게 없다. 이것이야말로 대용으로, 마음이 동요되지 않게 하는 최상의 수단이다."

"그렇다면 스승님의 부동심과 고자의 부동심은 어떻게 다릅니까?"

고자는 성선설을 주장한 맹자에게 '사람의 본성은 선하지도 악하지도 않다.'고 논박한 사람이다.

"고자는 '이해되지 않는 말을 이해하려고 애쓸 필요가 없다'고 말했다. **그러나**(然) 이는 소극적인 행동이다. 나는 말을 알고 있다는 점에서 고자보다 낫고 게다가 나는 호연지기도 기르고 있다. 말을 알고 있다란 편협한 말, 음란한 말, 간사한 말, 회피하는 말을 구분할 줄

아는 식견을 갖는 것이다. 또 호연지기란 평온하고 너그러운 마음으로 한없이 **넓고(浩)** 천지간에 넘치고 충만한 **기운(氣)**을 말한다. 이 기는 도와 의가 합치는 것으로 도의가 없으면 기운을 잃고 만다. 이 기가 사람에게 깃들어 그 사람의 행위가 도의에 부합하여 부끄럽지 않으면 그 누구에게도 굴하지 않는 도덕적 용기가 생기는 것이다."

- 출전 《맹자》〈공손추편〉-

浩 넓을, 클 호 : 浩大(호대), 浩博(호박), 浩然(호연), 浩蕩(호탕)

然 그럴, 옳을, 그러나 연 : 然而(연이), 然後(연후), 自然(자연), 泰然(태연)

氣 기운, 숨, 기체, 자연 현상 기 : 氣管(기관), 氣力(기력), 氣象(기상), 氣壓(기압)

換骨奪胎(환골탈태)

뼈를 바꾸고 태를 빼앗는다는 뜻으로, 모양이나 성질이 좋은 방향으로 아주
달라짐을 일컫거나 문장이 남의 손에 의해서 새로워짐을 말함

북송을 대표하는 시인으로 소식과 함께 황정견이라는 사람이 있었
다. 그는 박학다식하여 독자적인 세계를 구축하였다. 그는 두보의 시
를 일컬어 "영단 한 알로 쇠를 이어서 금을 이룸과 같다"고 말했다.
즉 두보가 시를 지으면 흔한 경치도 아름다운 자연으로 변한다는 것
이다. 황정견은 자신의 독자적인 수법을 도가의 용어를 빌어 **처음
(胎)**으로 표현했는데, 그가 말하는 영단은 시상을 의미한다.

도가에서는 영단 또는 금단을 먹어서 보통 사람의 **뼈(骨)**를 신선의
뼈로 만드는 것을 환골이라 하고, 탈태의 태도 선인의 시에 보이는
착상을 말하며, 그것은 시인의 시상이 마치 어머니 태내에 있는 것과
같은 것이므로, 그 태를 **빼앗아(奪)** 나의 것으로 삼아 자기의 시경으
로 **변화시키는(換)** 것을 탈태라고 말하는 것이다.

남송의 스님 혜옹이 쓴 〈냉제야화〉에 환산곡이 말하기를 "시의 뜻
은 무궁해 다함이 없고 사람의 재주는 제한적이다. 제한적인 재주로
서 무궁하고 다함이 없고, 뜻을 쫓는 것은 도연명이나 두보 일지라도
교묘함을 얻지 못한다. 그러나 그 뜻을 바꾸지 않고 그 말을 만드는
것 이것을 환골법이라고 말하며, 그 뜻을 규모로 하여 이를 형용하는
것을 탈태법이라고 말한다."고 하였다.

- 출전 혜옹의 〈냉제야화〉-

換 바꿀 환 : 換氣(환기), 換言(환언), 換算(환산), 交換(교환)

骨 뼈 골 : 骨格(골격), 骨董品(골동품), 骨子(골자), 刻骨難忘(각골난망)

奪 빼앗을, 잃을 탈 : 奪氣(탈기), 奪取(탈취), 奪還(탈환), 奪回(탈회)

胎 아이밸, 처음 태 : 胎敎(태교), 胎動(태동), 胎夢(태몽), 胎兒(태아)

紅一點(홍일점)

붉은 하나의 점이라는 뜻으로, 여럿 가운데 오직 하나의
다른 색깔을 띤 것을 말하거나 많은 남자들 사이에 한 여자가
있는 것을 말함, 즉 여러 많은 것들 중에 단 하나가 뛰어나거나 우수한 것을 일컫는 말임

북송 6대 황제인 신종 때의 일이다. 당시에 왕안석이라는 재상이 있었는데, 그는 부국강병을 위해 과감한 개혁을 실시한 사람이다. 왕안석은 신법당으로 처음에는 구양수, 사마광, 정이, 소식 등 유명한 문신들이 주축이 된 구법당과 반대에 부딪쳤으나 신종의 적극적인 지지를 배경으로 중단 없이 실행되었다. 왕안석은 시문에도 능하여 당송 팔대가의 한 사람으로 그의 〈영석류시〉에는 다음과 같은 구절이 있다.

"많은 푸른 잎 가운데 한 송이 **붉은(紅)** 꽃, 사람을 움직이는 봄 빛깔이 많은들 무엇하리." 에서 홍일**점(點)**라는 말이 유래되었다.

- 출전 《당송팔가문》〈왕안석 영석류시〉-

紅 붉을 홍 : 紅顔(홍안), 紅疫(홍역), 紅潮(홍조), 紅塵(홍진)
點 점, 불켤, 검사할 점 : 點檢(점검), 點燈(점등), 點點(점점), 點呼(점호)

畵龍點睛(화룡점정)

용을 그리는데 눈동자를 점찍어 그려 넣는다는 뜻으로, 어떤 일을 할 때 가장
중요한 부분을 완성시켜 끝내는 것을 말함

남북조시대 때의 일이다. 그 중 남조인 양나라에 장승요라는 사람
이 있었는데, 그는 벼슬길에도 올랐지만 붓 하나로 모든 사물을 실물
과 똑같이 그리는 화가로 유명했다. 어느 날, 장승요는 금릉에 있는
안락사의 주지로부터 용을 그려 달라는 부탁을 받았다. 그래서 그는
절의 벽에다 검은 구름을 헤치고 금방이라도 하늘로 날아오를 것만
같은 용 두 마리를 그렸다. 물결처럼 꿈틀대는 몸통, 갑옷처럼 단단
해 보이는 비늘, 날카롭게 뻗은 발톱 등 마치 살아 움직이는 듯한 생
동감이 넘치는 용 그림이었다.

이 그림을 보는 사람들은 모두 감탄하여 입을 다물지 못할 정도였
다. 그런데 한 가지 이상한 점은 **용(龍) 그림(畵)에 눈동자(睛)**가 없
다는 것이었다. 그래서 사람들이 그 이유를 묻자, 장승요는 이렇게
말했다.

"눈동자를 그려 넣으면 용은 당장 벽을 박차고 하늘로 날아가 버릴
것입니다."

그러나 사람들은 그의 말을 믿으려 하지 않고, 당장 눈동자를 그려
넣으라고 독촉했다.

사람들의 성화에 이기지 못하고 두 마리 중 한 마리의 용에 붓을 들

어 눈에 점을 찍자, 갑자기 벽 속에서 번개가 치고 천둥소리가 요란하게 울려 퍼지더니 한 마리의 용이 튀어나와 순식간에 하늘로 날아가 버렸다. 그러나 눈동자를 그려 넣지 않은 나머지 한 마리의 용은 그대로 벽 속에 남아 있었다.

- 출전 《수형기》-

畵 그을 획, 그림 화 : 畵策(획책), 畵順(획순), 畵家(화가), 畵壇(화단)

龍 용 룡 : 龍頭蛇尾(용두사미), 龍馬(용마), 龍床(용상), 龍顔(용안)

睛 눈동자 정 : 眼睛(안정), 點睛(점정)

반드시 알아야할
한자이야기

| 降 | 강 : 내리다 | 降等(강등), 降雨(강우) |
| | 항 : 항복하다 | 降書(항서), 降伏(항복) |

| 更 | 갱 : 다시 | 更新(갱신), 更生(갱생) |
| | 경 : 고치다 | 更迭(경질), 更張(경장) |

| 車 | 거 : 수레 | 車馬(거마), 停車場(정거장) |
| | 차 : 수레 | 車輛(차량), 車輪(차륜) |

| 乾 | 건 : 하늘, 마르다 | 乾坤(건곤), 乾卦(건괘) |
| | 간 : 마르다 | 乾葡萄(건포도), 乾燥(건조) |

| 見 | 견 : 보다 | 見聞(견문), 見解(견해) |
| | 현 : 나타나다 | 見糧(현량), 謁見(알현) |

龜	귀 : 거북	龜鑑(귀감), 龜甲(귀갑)
	균 : 터지다	龜裂(균열)
	구 : 땅 이름	龜浦(구포)

| 金 | 금 : 쇠 | 金屬(금속), 金錢(금전) |
| | 김 : 성 | 金氏(김씨) |

| 茶 | 다 : 차 | 茶菓(다과), 茶道(다도) |
| | 차 : 차 | 茶禮(차례) |

| 度 | 도 : 법도 | 程度(정도), 制度(제도) |
| | 탁 : 헤아리다 | 度地(탁지), 忖度(촌탁) |

| 讀 | 독 : 읽다 | 讀書(독서), 讀破(독파) |
| | 두 : 구절 | 句讀(구두), 吏讀(이두) |

洞	동 : 마을	洞里(동리), 洞長(동장)
	통 : 통하다	洞察(통찰), 洞燭(통촉)
樂	락 : 즐기다	娛樂(오락), 娛樂室(오락실)
	악 : 악기	樂曲(악곡), 樂譜(악보)
	요 : 좋아하다	樂山(요산), 樂水(요수)
率	률 : 비율	能率(능률), 確率(확률)
	솔 : 거느리다	率先(솔선), 統率(통솔)
反	반 : 돌이키다	反對(반대), 反擊(반격)
	번 : 뒤집다	反耕(번경), 反沓(번답)
復	복 : 회복하다	復歸(복귀), 復習(복습)
	부 : 다시	復活(부활), 復興(부흥)
否	부 : 아니다	否決(부결), 否認(부인)
	비 : 막히다	否運(비운), 否塞(비색)
北	북 : 북녘	北極(북극), 北緯(북위)
	배 : 달아나다	敗北(패배)
分	분 : 나누다	分岐點(분기점), 分別(분별)
	푼 : 단위	分錢(푼전)
不	불 : 아니다	不義(불의), 不吉(불길)
	부 : 아니다	不當(부당), 不才(부재)
寺	사 : 절	寺院(사원), 寺刹(사찰)
	시 : 내관	寺人(시인), 奉常寺(봉상시)

殺	살 : 죽이다	殺氣(살기), 殺伐(살벌)
	쇄 : 감하다	殺到(쇄도), 相殺(상쇄)

狀	상 : 형상	狀況(상황), 狀態(상태)
	장 : 문서	狀啓(장계), 行狀(행장)

塞	새 : 변방	要塞(요새), 塞翁之馬(새옹지마)
	색 : 막다	塞源(색원), 窘塞(군색)

說	설 : 말씀, 말씀하다	說敎(설교), 說明(설명)
	세 : 달래다	遊說(유세), 說客(세객)
	열 : 기쁘다	不亦說乎(불역열호)

省	성 : 살피다	省墓(성묘), 歸省(귀성)
	생 : 덜다	省略(생략)

屬	속 : 속하다	屬國(속국), 屬性(속성)
	촉 : 맡기다	屬望(촉망), 屬託(촉탁)

數	수 : 세다	數學(수학), 數爻(수효)
	삭 : 자주	數數(삭삭), 數尿(삭뇨)

拾	습 : 줍다	拾得(습득), 收拾(수습)
	십 : 열	拾萬(십만), 參拾(삼십)

食	식 : 먹다	食客(식객), 食福(식복)
	사 : 밥	單食壺漿(단사호장), 疏食(소사)

識	식 : 알다	識見(식견), 識別(식별)
	지 : 기록하다	標識(표지)

| 什 | 십 : 열 사람 | 什長(십장) |
| | 집 : 세간 | 什器(집기), 什物(집물) |

| 惡 | 악 : 악하다 | 惡評(악평), 醜惡(추악) |
| | 오 : 미워하다 | 惡寒(오한), 憎惡(증오) |

| 易 | 역 : 바꾸다 | 貿易(무역), 交易(교역) |
| | 이 : 쉽다 | 容易(용이), 安易(안이) |

厭	염 : 싫어하다	厭世(염세), 厭症(염증)
	엄 : 덮다	厭然(엄연)
	엽 : 누르다	厭勝(엽승)

| 葉 | 엽 : 잎 | 葉綠素(엽록소), 初葉(초엽) |
| | 섭 : 성 | 葉氏(섭씨) |

| 咽 | 인 : 목구멍 | 咽頭(인두), 咽喉(인후) |
| | 열 : 목메다 | 嗚咽(오열), 咽咽(열열) |

刺	자 : 찌르다	刺戟(자극), 諷刺(풍자)
	척 : 찌르다	刺客(척객), 刺繡(척수)
	라 : 수라	水刺(수라)

| 抵 | 저 : 막다 | 抵抗(저항), 抵觸(저촉) |
| | 지 : 치다 | 抵掌(지장) |

| 著 | 저 : 짓다 | 著書(저서), 共著(공저) |
| | 착 : 붙다 | 附著(부착), 著想(착상) |

| 切 | 절 : 자르다 | 切開(절개), 切斷(절단) |
| | 체 : 모두 | 一切(일체) |

提	제 : 끌다	提示(제시), 提携(제휴)
	리 : 보리수	菩提(보리), 菩提樹(보리수)
直	직 : 곧다	直觀(직관), 正直(정직)
	치 : 값	直錢(치전), 直千金(치천금)
辰	진 : 별	辰宿(진수), 星辰(성신)
	신 : 때	生辰(생신)
參	참 : 참여하다	參加(참가), 參席(참석)
	삼 : 셋	參萬(삼만), 參拾(삼십)
推	추 : 밀다,천거하다	推理(추리), 推薦(추천)
	퇴 : 밀다	推敲(퇴고)
拓	척 : 열다, 헤치다	開拓(개척), 干拓(간척)
	탁 : 밀다, 박다	拓本(탁본)
則	칙 : 법	法則(법칙), 規則(규칙)
	즉 : 곧	然則(연즉)
沈	침 : 잠기다	沈沒(침몰), 沈滯(침체)
	심 : 성씨	沈氏(심씨)
宅	택 : 집	家宅(가택), 宅地(택지)
	댁 : 집	宅內(댁내)
罷	파 : 파하다	罷免(파면), 罷業(파업)
	피 : 고달프다	罷勞(피로), 罷困(피곤)

216

便 편 : 편하다	便利(편리), 便乘(편승)	
변 : 오줌	小便(소변), 便器(변기)	
編 편 : 엮다	編成(편성), 編輯(편집)	
변 : 땋다	編髮(변발)	
暴 폭 : 갑자기	暴騰(폭등), 暴動(폭동)	
포 : 사납다	暴惡(포악), 暴徒(폭도)	
皮 피 : 가죽	皮革(피혁), 皮骨(피골)	
비 : 가죽	鹿皮(녹비)	
行 행 : 다니다	行脚(행각), 行路(행로)	
항 : 항렬	行列(항렬), 行伍(항오)	
畫 화 : 그림	畫家(화가), 畫壇(화단)	
획 : 긋다	畫數(획수), 計畫(계획)	

ㄱ

家宅 (가택○/가댁×)

干潟地 (간석지○/간사지×)

間歇 (간헐○/간흘×)

甘蔗 (감자○/감서×)

勘定 (감정○/심정×)

改悛 (개전○/개준×)

坑夫 (갱부○/항부×)

更生 (갱생○/경생×)

醵出 (갹출○/거출×)

車馬費 (거마비/차마비×)

怯懦 (겁나○/겁유×)

偈頌 (게송○/계송×)

更張 (경장○/갱장×)

更迭 (경질○/갱질×)

驚蟄 (경칩○/경첩×)

滑稽 (골계○/활계×)

公孫丑 (공손추○/공손축×)

空念佛 (공염불○/공념불×)

攪亂 (교란○/각란×)

教唆 (교사○/교준×)

狡獪 (교쾌○/교회×)

交驩 (교환○/교관×)

口腔 (구강○/구공×)

ㄱ

句讀 (구두○/구독×)

丘陵 (구릉○/구능×)

口碑 (구비○/구패×)

狗吠 (구폐○/구견×)

詭辯 (궤변○/위변×)

龜鑑 (귀감○/구감×)

龜裂 (균열○/구열×)

記入欄 (기입란○/기입난×)

旗幟 (기치○/기시×)

喫煙 (끽연○/계연×)

ㄴ

奈落 (나락○/내락×)

儺禮 (나례○/난례×)

懦弱 (나약○/난약×)

內人 (나인○/내인×)

拿捕 (나포○/합포×)

難澁 (난삽○/난습×)

捺印 (날인○/내인×)

捏造 (날조○)

內帑 (내탕○/내노×)

鹿皮 (녹비○/녹피×)

鹿茸 (녹용○/녹이×)

ㄴ

惱殺 (뇌쇄○/뇌살×)

漏泄 (누설○/누세×)

訥辯 (눌변○/내변×)

凜然 (늠연○/품연×)

ㄷ

茶果 (다과○/차과×)

茶店 (다점○/차점×)

團欒 (단란○/단락×)

單食 (단사○/단식×)

曇天 (담천○/운천×)

撞着 (당착○/동착×)

陶冶 (도야○/도치×)

獨擅 (독천○/독단×)

遁走 (둔주○/순주×)

鈍濁 (둔탁○/돈탁×)

登攀 (등반○/등번×)

ㅁ

滿腔 (만강○/만공×)

萬朵 (만타○/만내×)

驀進 (맥진○/막진×)

萌芽 (맹아○/명아×)

明澄 (명징ㅇ/ 명등×)

木果 (모과ㅇ/ 목과×)

牧丹 (모란ㅇ/ 목단×)

牧牛 (모우ㅇ/ 목우×)

巫覡 (무격ㅇ/ 무현×)

無射 (무역ㅇ/ 무사×)

拇印 (무인ㅇ/ 모인×)

紊亂 (문란ㅇ)

ㅂ

波羅蜜(바라밀ㅇ/파라밀×)

撲殺 (박살ㅇ/ 복살×)

剝奪 (박탈ㅇ/ 약탈×)

反駁 (반박ㅇ/ 반어×)

般若 (반야ㅇ/ 반약×)

繁纓 (반영ㅇ/ 번영×)

頒布 (반포ㅇ/ 분포×)

潑剌 (발랄ㅇ/ 발자×)

拔萃 (발췌ㅇ/ 발취×)

跋扈 (발호ㅇ)

勃興 (발흥ㅇ)

妨礙 (방애ㅇ/ 방의×)

幇助 (방조ㅇ/ 봉조×)

白川 (배천ㅇ/ 백천×)

白魚 (뱅어/ 백어 ×)

反沓 (번답ㅇ/ 반답×)

便秘 (변비ㅇ/ 편비×)

兵站 (병참ㅇ/ 병첨×)

菩提 (보리ㅇ/ 보제×)

布施 (보시ㅇ/ 포시×)

僕射 (복야ㅇ/ 복사×)

伏鷄 (부계ㅇ/ 복계×)

不得已(부득이ㅇ/불득기×)

沸騰 (비등ㅇ/ 불등×)

否塞 (비색ㅇ/ 부색×)

頻數 (빈삭ㅇ/ 빈수×)

憑藉 (빙자ㅇ/ 빙적×)

ㅅ

詐欺 (사기ㅇ)

獅子吼(사자후ㅇ/ 사자공×)

使嗾 (사주ㅇ/ 사족×)

數尿 (삭뇨ㅇ/ 수뇨×)

索漠 (삭막ㅇ/ 색막×)

數數 (삭삭ㅇ/ 수수×)

散炙 (산적ㅇ/ 산자×)

撒布 (살포/ 산포×)

芟除 (삼제ㅇ)

商賈 (상고ㅇ/ 상가×)

相殺 (상쇄ㅇ/ 상살×)

塞外 (새외ㅇ/ 색외×)

省略 (생략ㅇ/ 성략×)

閃光 (섬광ㅇ)

葉氏 (섭씨ㅇ/ 엽씨×)

洗滌 (세척ㅇ/ 세조×)

遡及 (소급ㅇ/ 삭급×)

甦生 (소생ㅇ/ 갱생×)

殺到 (쇄도ㅇ/ 살도×)

水刺 (수라ㅇ/ 수자×)

馴致 (순치ㅇ)

承諾 (승낙 ㅇ/ 승락×)

柴糧 (시량ㅇ/ 자량×)

辛辣 (신랄ㅇ/ 신극×)

ㅇ

齷齪 (악착ㅇ/ 악족×)

軋轢 (알력ㅇ/ 알륵×)

斡旋 (알선ㅇ/ 간선×)

謁見 (알현ㅇ/ 알견×)

隘路 (애로○/ 익로×)

濾過 (여과○/ 노과×)

軟膏 (연고○/ 난고×)

羨道 (연도○/ 선도×)

年利率 (연이율○/ 연리률×)

悅服 (열복○/ 설복×)

恬然 (염연○/ 활연×)

銳敏 (예민/ 열민×)

誤謬 (오류○/ 오유×)

嗚咽 (오열○/ 오인×)

緩和 (완화○/ 난화×)

歪曲 (왜곡○/ 의곡×)

惡寒 (오한○/ 악한×)

樂山 (요산○/ 낙산×)

窯業 (요업○)

凹凸 (요철○/ 요돌×)

聳動 (용동○/ 종동×)

月氏 (월지/ 월씨×)

誘拐 (유괴○)

紐帶 (유대○/ 뉴대×)

遊說 (유세○/ 유설×)

吟味 (음미○)

凝結 (응결/ 의결×)

義捐 (의연○/ 의손×)

罹病 (이병○/ 나병×)

移徙 (이사○/ 이도×)

弛緩 (이완○/ 지완×)

湮滅 (인멸○/ 연멸×)

一括 (일괄○/ 일활×)

一切 (일체○/ 일절×)

剩餘 (잉여○/ 승여×)

ㅈ

佐飯 (자반/ 좌반×)

孜孜 (자자○/ 목목×)

藉藉 (자자○/ 적적×)

綽綽 (작작○/ 탁탁×)

箴言 (잠언○/ 함언×)

狀啓 (장계○/ 상계×)

塡充 (전충○/ 진충×)

截斷 (절단○/ 재단×)

點睛 (점정○/ 점청×)

接吻 (접문○/ 접물×)

正鵠 (정곡○/ 정고×)

稠密 (조밀○/ 주밀×)

祭酒 (좨주○/ 제주×)

駐箚 (주차/ 주탑×)

蠢動 (준동○/ 춘동×)

浚渫 (준설○/ 준첩×)

櫛比 (즐비○/ 절비×)

憎惡 (증오○/ 증악×)

桎梏 (질곡○/ 지고×)

執拗 (집요○/ 집유×)

ㅊ

參差 (참치○/ 삼차×)

懺悔 (참회○/ 섬회×)

拓植 (척식○/ 탁식×)

擅斷 (천단○/ 전단×)

闡明 (천명○/ 단명×)

喘息 (천식○/ 단식×)

穿鑿 (천착○)

掣肘 (철주○/ 제주×)

尖端 (첨단○)

諦念 (체념○/ 제념×)

醋酸 (초산○/ 작산×)

數罟 (촉고○/ 수고×)

忖度 (촌탁○/ 촌도×)

衰服 (최복○/ 쇠복×)

熾烈 (치열○/ 식열×)

斟量 (침량○/ 짐량×)

ㅌ

度支 (탁지○/ 도지×)

彈劾 (탄핵○/ 탄효×)

綻露 (탄로○/ 정로×)

耽溺 (탐닉○/ 탐익×)

攄得 (터득○/ 여득×)

洞察 (통찰○/ 동찰×)

堆積 (퇴적○/ 추적×)

ㅍ

破綻 (파탄○/ 파정×)

辦得 (판득○/ 변득×)

稗官 (패관○/ 비관×)

霸權 (패권○/ 파권×)

敗北 (패배○/ 패북×)

褒賞 (포상○/ 보상×)

曝 (포쇄○/ 폭쇄×)

暴虐 (포학○/ 폭학×)

輻輳 (폭주○/ 복주×)

標識 (표지○/ 표식×)

風靡 (풍미○/ 풍비×)

跛立 (피립○/ 파립×)

比罫 (필괘○/ 비괘×)

ㅎ

肛門 (항문○/ 홍문×)

降服 (항복○/ 강복×)

行伍 (항오○/ 행오×)

解弛 (해이○/ 해치×)

諧謔 (해학○/ 개학×)

絢爛 (현란○/ 순란×)

見身 (현신○/ 견신×)

廓然 (확연○/ 곽연×)

豁達 (활달○)

滑走 (활주○/ 골주×)

會寧 (회령○/ 회녕×)

灰燼 (회신○/ 회진×)

膾炙 (회자○)

橫暴 (횡포○/ 횡폭×)

嚆矢 (효시○/ 고시×)

嗅覺 (후각○/ 취각×)

薨去 (훙거○/ 붕거×)

彙報 (휘보○)

麾下 (휘하○)

恤兵 (휼병○/ 혈병×)

欣快 (흔쾌○/ 흠쾌×)

屹然 (흘연○/ 걸연×)

恰似 (흡사○/ 합사×)

가

佳 (아름답다 ; 人, 6획)
假 (빌리다, 거짓 ; 人, 9획)
價 (값 ; 人, 13획)
加 (더하다, 처하다 ; 力, 3획)
可 (옳다 ; 口, 2획)
家 (집 ; 宀, 7획)
暇 (겨를, 한가하다 ; 日, 9획)
架 (시렁 ; 木, 5획)
歌 (노래 ; 欠, 10획)
街 (거리 ; 行, 6획)

각

刻 (새기다 ; 刀, 6획)
却 (물리치다 ; 卩, 5획)
各 (각 ; 口, 3획)
脚 (다리 ; 肉, 7획)
覺 (깨닫다 ; 見, 13획)
角 (뿔 ; 角, 0획)
閣 (누각, 집 ; 門, 6획)

간

刊 (책 펴내다, 새기다 ; 刀, 3획)
姦 (간사하다 ; 女, 6획)
干 (방패 ; 干, 0획)
幹 (줄기, 몸뚱이, 등뼈 ; 干, 10획)
看 (보다 ; 目, 4획)

簡 (대쪽, 편지 ; 竹, 12획)
肝 (간 ; 肉, 3획)
間 (사이 ; 門, 4획)

갈

渴 (목마르다 ; 水, 9획)

감

減 (덜다, 감하다 ; 水, 9획)
感 (느끼다 ; 心, 9획)
敢 (감히 ; 攵, 8획)
甘 (달다 ; 甘, 0획)
監 (보다, 살피다 ; 皿, 9획)
鑑 (거울 ; 金, 14획)

갑

甲 (갑옷 ; 田, 0획)

강

剛 (굳세다 ; 刀, 8획)
康 (편안하다, 온화해지다 ; 广, 8획)
强 (강하다, 굳세다 ; 弓, 8획)
江 (강 ; 水, 3획)
降 (내리다, 항복하다 ; 阜, 6획)
綱 (벼리 ; 糸, 8획)

講 (익히다, 풀이하다 ; 言, 10획)
鋼 (강철 ; 金, 8획)

개

介 (끼다, 딱지, 소개하다 ; 人, 2획)
個 (낱개 ; 人, 8획)
慨 (분개하다, 슬퍼하다 ; 心, 11획)
改 (고치다 ; 攵, 3획)
槪 (대개, 누르다, 억압하다 ; 木, 11획)
蓋 (덮다, 뚜껑 ; 艸, 10획)
皆 (다, 모두, 함께 ; 白, 4획)
開 (열다, 통하다 ; 門, 4획)

객

客 (손님 ; 宀, 6획)

갱

更 (다시/고칠 경 ; 曰, 3획)

거

去 (가다, 떠나다, 잃다 ; 厶, 3획)
居 (살다, 있다 ; 尸, 5획)
巨 (크다, 많다 ; 工, 2획)
拒 (막다, 거부하다 ; 手, 5획)
據 (의지하다 ; 手, 13획)

舉 (들다 ; 手, 14획)
距 (떨어지다 ; 足, 5획)
車 (수레 /성씨 차 ; 車, 0획)

건

乾 (하늘, 마르다 ; 乙, 10획)
件 (사건, 물건 ; 人, 4획)
健 (튼튼하다 ; 人, 9획)
建 (세우다 ; 廴, 6획)

걸

傑 (뛰어나다, 준걸 ; 人, 10획)

검

儉 (검소하다 ; 人, 13획)
劍 (칼, 베다, 찌르다 ; 刀, 13획)
檢 (검사하다, 단속하다 ; 木, 13획)

게

憩 (쉬다, 숨을 돌리다 ; 心, 12획)

격

激 (부딪치다 ; 水, 13획)
擊 (치다, 마주치다 ; 手, 13획)
格 (바로잡다, 대적하다 ; 木, 6획)

견

堅 (굳다, 굳세다 ; 土, 8획)

犬 (개 ; 犬, 0획)

遣 (보내다 ; 辵, 10획)

絹 (비단, 명주 ; 糸, 7획)

肩 (어깨 ; 肉, 4획)

見 (보다/드러나다 현 ; 見, 0획)

결

決 (정하다, 끊다 ; 水, 4획)

潔 (깨끗하다, 조촐하다 ; 水, 12획)

結 (맺다, 마치다, 엉기다 ; 糸, 6획)

缺 (모자라다, 비다 ; 缶, 4획)

겸

兼 (겸하다, 아우르다 ; 八, 8획)

謙 (겸손하다 ; 言, 10획)

경

京 (서울, 높다, 크다 ; 亠, 6획)

傾 (기울어지다, 위태롭다 ; 人, 11획)

卿 (벼슬, 벼슬이름 ; 卩, 10획)

境 (경계, 형편, 사정 ; 土, 11획)

庚 (일곱째천간 ; 广, 5획)

徑 (경영하다 ; 彳, 7획)

慶 (경사 ; 心, 11획)

敬 (공경하다, 삼가다 ; 攵, 9획)

景 (빛, 경치, 우러르다 ; 日, 8획)

硬 (굳다, 단단하다, 강하다 ; 石, 7획)

竟 (마침내, 다하다 ; 立, 6획)

競 (다투다, 겨루다 ; 立, 15획)

經 (경영하다 ; 糸, 7획)

耕 (밭 갈다 ; 耒, 4획)

警 (경계하다, 깨닫다, 깨우치다 ; 言, 13획)

輕 (가볍다, 경솔하다 ; 車, 7획)

鏡 (거울, 거울삼다 ; 金, 11획)

頃 (잠깐 ; 頁, 2획)

驚 (놀라다, 경기 ; 馬, 13획)

계

係 (걸리다, 잇다, 관계되다 ; 人, 8획)

啓 (열다, 일깨우다 ; 口, 8획)

契 (맺다 ; 大, 6획)

季 (끝, 계절 ; 子, 5획)

溪 (시내 ; 水, 10획)

階 (섬돌, 계단 ; 阜, 9획)

戒 (경계하다, 재계하다 ; 戈, 3획)

桂 (계수나무 ; 木, 6획)

械 (기계, 형틀 ; 木, 7획)

界 (지경, 한도, 세계 ; 田, 4획)

癸 (열째천간, 월수 ; 癶, 4획)

系 (잇다, 계통, 혈통 ; 糸, 1획)

繼 (잇다 ; 糸, 14획)

計 (계산하다, 꾀하다 ; 言, 2획)

鷄 (닭 ; 鳥, 10획)

고

古 (옛 ; 口, 2획)
告 (알리다, 고소하다 ; 口, 4획)
固 (굳다, 진실로 ; 口, 5획)
姑 (시어미 ; 女, 5획)
孤 (외롭다 ; 子, 5획)
庫 (곳집, 창고 ; 广, 7획)
故 (까닭, 연고 ; 攵, 5획)
枯 (마르다, 죽다 ; 木, 5획)
考 (상고하다, 장수하다 ; 耂, 2획)
苦 (괴롭다, 쓰다 ; 艸, 5획)
稿 (볏짚, 원고 ; 禾, 10획)
顧 (돌아보다 ; 頁, 12획)
高 (높다, 뛰어나다 ; 高, 0획)
鼓 (북, 북치다 ; 鼓, 0획)

곡

哭 (울다, 큰소리로 울다 ; 口, 7획)
曲 (굽다, 악곡 ; 曰, 2획)
穀 (곡식, 좋다, 길하다 ; 禾, 10획)
谷 (고을, 골짜기 ; 谷, 0획)

곤

困 (곤란하다, 가난하다 ; 口, 4획)
坤 (땅 ; 土, 5획)

골

骨 (뼈, 뼈대 ; 骨, 0획)

공

供 (이바지하다 ; 人, 6획)
公 (공평하다, 관청, 귀인 ; 八, 2획)
共 (함께, 같이 ; 八, 4획)
功 (공, 복을 입다 ; 力, 3획)
孔 (구멍, 매우, 성씨 ; 子, 1획)
工 (장인, 만들다 ; 工, 0획)
恐 (두려워하다, 으르다 ; 心, 6획)
恭 (공손하다, 삼가다 ; 心, 6획)
攻 (치다, 공격하다 ; 攵, 3획)
空 (비다, 부질없다 ; 穴, 3획)
貢 (바치다, 공물 ; 貝, 3획)

과

寡 (적다, 과부 ; 宀, 11획)
戈 (창 ; 戈, 0획)
果 (과실, 결과 ; 木, 4획)
過 (지나다, 건너다, 허물 ; 辵, 9획)
瓜 (오이 ; 瓜, 0획)
科 (과목, 법률, 과거, 형벌 ; 禾, 4획)
誇 (과장하다, 자랑하다 ; 言, 6획)
課 (매기다, 과목 ; 言, 8획)

곽

郭 (외성, 바깥 성 ; 邑, 8획)

관

冠 (갓, 관, 어른, 으뜸 ; 冖, 7획)
官 (벼슬, 관가 ; 宀, 5획)
寬 (너그럽다, 넓다 ; 宀, 12획)
慣 (익숙하다, 버릇 ; 心, 11획)
管 (대롱, 주관하다 ; 竹, 8획)
觀 (보다, 경치, 모습 ; 見, 18획)
貫 (꿰다, 꿰뚫다, 지위 ; 貝, 4획)
關 (관계하다, 빗장 ; 門, 11획)
館 (집 ; 食, 8획)

광

光 (빛, 경치 ; 儿, 4획)
廣 (넓다 ; 广, 12획)
鑛 (쇳돌, 광석, 광물 ; 金, 15획)

괘

掛 (걸다, 달다 ; 手, 8획)

괴

塊 (흙덩어리 ; 土, 10획)
壞 (무너지다, 무너뜨리다 ; 土, 16획)
怪 (괴이하다 ; 心, 5획)

愧 (부끄러워하다 ; 心, 10획)

교

交 (사귀다 ; 亠, 4획)
巧 (공교롭다, 교묘하다 ; 工, 2획)
郊 (들, 교외 ; 邑, 6획)
敎 (가르치다 ; 攵, 7획)
校 (학교 ; 木, 6획)
橋 (다리 ; 木, 12획)
矯 (바로잡다, 거짓 ; 矢, 12획)
較 (비교하다 ; 車, 6획)

구

丘 (언덕, 무덤, 구릉 ; 一, 4획)
久 (오래 ; 丿, 2획)
九 (아홉 ; 乙, 1획)
俱 (갖추다, 함께 ; 人, 8획)
具 (갖추다 ; 八, 6획)
區 (구역, 나누다 ; 匸, 9획)
口 (입, 말하다 ; 口, 0획)
句 (글귀 ; 口, 2획)
懼 (두려워하다 ; 心, 18획)
拘 (거리끼다, 잡다 ; 手, 5획)
狗 (개, 강아지 ; 犬, 5획)
救 (구원하다, 돕다 ; 攵, 7획)
構 (얽다, 맺다 ; 木, 10획)
求 (구하다 ; 水, 2획)
球 (공, 구슬 ; 王, 7획)
苟 (진실로, 구차하다 ; 艸, 5획)

究 (궁구하다 ; 穴, 2획)
舊 (옛, 오래 ; 臼, 12획)
驅 (몰다, 쫓다 ; 馬, 11획)
鷗 (갈매기 ; 鳥, 11획)
龜 (땅이름／거북 귀／터질 균 ; 龜, 0획)

국

國 (나라 ; 囗, 8획)
局 (관청 ; 尸, 4획)
菊 (국화 ; 艸, 8획)

군

君 (임금, 남편, 그대 ; 口, 4획)
郡 (고을 ; 邑, 7획)
群 (무리, 많다 ; 羊, 7획)
軍 (군사, 진을 치다 ; 車, 2획)

굴

屈 (굽다, 강하다, 다하다 ; 尸, 5획)

궁

宮 (집, 궁궐 ; 宀, 7획)
弓 (활, 궁형 ; 弓, 0획)
窮 (궁하다, 다하다 ; 穴, 10획)

권

券 (문서, 증서 ; 刀, 6획)
勸 (권하다 ; 力, 18획)
卷 (책 ; 卩, 6획)
拳 (주먹 ; 手, 6획)
權 (권세, 권도 ; 木, 18획)

궐

厥 (그, 그것 ; 厂, 10획)

귀

歸 (돌아오다 ; 止, 14획)
貴 (귀하다 ; 貝, 5획)
鬼 (귀신, 도깨비 ; 鬼, 0획)

규

叫 (울부짖다 ; 口, 2획)
規 (법, 바르다, 잡다 ; 見, 4획)
閨 (안방 ; 門, 6획)

균

均 (고르다, 평평하다 ; 土, 4획)
菌 (버섯, 곰팡이 ; 艸, 8획)

극

克 (이기다, 능하다 ; 儿, 5획)
劇 (심하다, 연극 ; 刀, 13획)
極 (지극하다, 다하다 ; 木, 9획)

근

僅 (겨우, 적다 ; 人, 11획)
勤 (부지런하다 ; 力, 11획)
斤 (도끼 ; 斤, 0획)
根 (뿌리, 근본, 밑 ; 木, 6획)
近 (가깝다 ; 辶, 4획)
謹 (삼가다, 공경하다 ; 言, 11획)

금

今 (이제, 오늘, 바로 ; 人, 2획)
琴 (거문고 ; 王, 8획)
禁 (금하다, 금지하다 ; 示, 8획)
禽 (날짐승 ; 内, 8획)
金 (쇠,금,화폐/성씨 김 ; 金, 0획)
錦 (비단, 아름답다 ; 金, 8획)

급

及 (미치다, 이르다 ; 又, 2획)
急 (급하다 ; 心, 5획)
級 (차례, 계급 ; 糸, 6획)
給 (주다, 넉넉하다 ; 糸, 6획)

긍

肯 (즐기다, 긍정하다 ; 肉, 4획)

기

企 (꾀하다, 계획하다; 人, 4획)
其 (그, 어조사 ; 八, 6획)
器 (그릇, 재능 ; 口, 13획)
基 (터, 바탕 ; 土, 8획)
奇 (기이하다, 홀수 ; 大, 5획)
寄 (부치다 ; 宀, 8획)
己 (몸, 자기 ; 己, 0획)
幾 (몇, 거의 ; 幺, 9획)
紀 (벼리 ; 糸, 3획)
豈 (어찌 ; 豆, 4획)
技 (재주, 재능 ; 手, 4획)
忌 (꺼리다 ; 心, 3획)
旗 (깃발 ; 方, 10획)
旣 (이미 ; 无, 7획)
期 (기약하다, 기간 ; 月, 8획)
棄 (버리다 ; 木, 8획)
機 (기계, 베틀 ; 木, 12획)
欺 (속이다, 거짓말하다 ; 欠, 8획)
氣 (기운 ; 气, 6획)
畿 (경기, 기내 ; 田, 10획)
祈 (빌다, 고하다 ; 示, 4획)
記 (기록하다 ; 言, 3획)
起 (일어나다, 시작하다 ; 走, 3획)
飢 (굶주리다, 흉년들다 ; 食, 2획)
騎 (말 타다 ; 馬, 8획)

긴

緊 (긴요하다, 팽팽하다 ; 糸, 8획)

길

吉 (길하다, 좋다 ; 口, 3획)

나

那 (어찌, 무엇 ; 邑, 4획)

낙

諾 (대답하다, 허락하다 ; 言, 9획)

난

暖 (따뜻하다 ; 日, 9획)
難 (어렵다, 나무라다 ; 隹, 11획)

남

南 (남녘, 남쪽 ; 十, 7획)
男 (사내, 아들 ; 田, 2획)

납

納 (들이다, 바치다 ; 糸, 4획)

낭

娘 (각시, 아가씨 ; 女, 7획)

내

乃 (이에, 곧, 너 ; 丿, 1획)
內 (안, 속, 조정, 아내 ; 入, 2획)
奈 (어찌 ; 大, 5획)
耐 (견디다, 참다 ; 而, 3획)

녀

女 (계집, 여자, 딸 ; 女, 0획)

년

年 (해, 나이 ; 干, 3획)

념

念 (생각, 생각하다 ; 心, 4획)

녕

寧 (편안하다, 차라리 ; 宀, 11획)

노

努 (노력하다, 힘쓰다 ; 力, 5획)
奴 (종, 노비 ; 女, 2획)
怒 (성내다, 세차다 ; 心, 5획)

농

濃 (짙다, 깊다 ; 水, 13획)
農 (농사, 농사짓다 ; 辰, 6획)

뇌

惱 (괴로워하다 ; 心, 9획)
腦 (뇌, 머릿골 ; 肉, 9획)

능

能 (능하다 ; 肉, 6획)

니

泥 (진흙, 수렁 ; 水, 5획)

다

多 (많다 ; 夕, 3획)
茶 (차/차 차 ; 艸, 6획)

단

丹 (붉다, 정성스럽다 ; 丶, 3획)
但 (다만 ; 人, 5획)
單 (홑 ; 口, 9획)
團 (둥글다, 모이다 ; 口, 11획)
壇 (제터, 제단, 단 ; 土, 13획)

斷 (끊다, 결단하다 ; 斤, 14획)
旦 (아침 ; 日, 1획)
檀 (박달나무 ; 木, 13획)
段 (계단, 조각, 구분 ; 殳, 5획)
短 (짧다, 모자라다, 허물 ; 矢, 7획)
端 (끝, 단정하다, 바르다 ; 立, 9획)

달

達 (통달하다 ; 辵, 9획)

담

擔 (메다, 짊어지다, 짐 ; 手, 13획)
淡 (묽다, 엷다 ; 水, 8획)
潭 (깊다 ; 水, 12획)
談 (말씀, 이야기하다 ; 言, 8획)

답

畓 (논 ; 田, 4획)
答 (대답하다, 갚다, 대답 ; 竹, 6획)
踏 (밟다 ; 足, 8획)

당

唐 (당나라, 황당하다 ; 口, 7획)
堂 (집, 대청, 정당하다 ; 土, 8획)
當 (마땅하다 ; 田, 8획)

糖 (사탕, 엿 ; 米, 10획)
黨 (무리 ; 黑, 8획)

대

代 (대신하다, 세대, 대 ; 人, 3획)
大 (크다, 대강, 대개 ; 大, 0획)
對 (대답하다, 대하다, 상대 ; 寸, 11획)
帶 (띠, 차다 ; 巾, 8획)
待 (기다리다, 대하다 ; 彳, 6획)
隊 (떼, 군대, 대오 ; 阜, 9획)
臺 (누대 ; 至, 8획)
貸 (빌리다, 꾸다 ; 貝, 5획)

덕

德 (덕, 은혜 ; 彳, 11획)

도

倒 (넘어지다 ; 人, 8획)
刀 (칼 ; 刀, 0획)
到 (이르다, 주밀하다 ; 刀, 6획)
圖 (그림 ; 口, 11획)
導 (인도하다 ; 寸, 13획)
島 (섬 ; 山, 7획)
度 (법도 ; 广, 6획)
徒 (무리 ; 彳, 7획)
挑 (돋우다, 집적거리다 ; 手, 6획)

渡 (건너다, 건네다 ; 水, 9획)
陶 (질그릇, 오지그릇 ; 阜, 8획)
都 (도읍 ; 邑, 9획)
桃 (복숭아나무 ; 木, 6획)
逃 (달아나다, 도망하다 ; 辵, 6획)
途 (길 ; 辵, 6획)
道 (길, 도리 ; 辵, 9획)
盜 (도둑 ; 皿, 7획)
稻 (벼 ; 禾, 10획)
跳 (뛰다 ; 足, 6획)

독

獨 (홀로, 외롭다 ; 犬, 13획)
毒 (독하다, 독 ; 毋, 14획)
督 (살펴보다 ; 目, 8획)
篤 (독실하다, 도탑다 ; 竹, 10획)
讀 (읽다 ; 言, 15획)

돈

敦 (도탑다 ; 攵, 8획)
豚 (돼지 ; 豕, 4획)

돌

突 (부딪치다, 갑자기 ; 穴, 4획)

동

冬 (겨울 ; 冫, 3획)

凍 (얼다 ; 冫, 8획)

動 (움직이다 ; 力, 9획)

同 (한가지, 같다 ; 口, 3획)

洞 (골짜기, 고을 ; 水, 6획)

東 (동쪽, 동녘 ; 木, 4획)

桐 (오동나무 ; 木, 6획)

童 (아이 ; 立, 7획)

銅 (구리 ; 金, 6획)

두

斗 (말 ; 斗, 0획)

豆 (콩, 팥 ; 豆, 0획)

頭 (머리, 처음 ; 頁, 7획)

둔

鈍 (둔하다, 무디다 ; 金, 4획)

득

得 (얻다, 깨닫다 ; 彳, 8획)

등

燈 (등잔, 등불 ; 火, 12획)

登 (오르다 ; 癶, 7획)

라

羅 (그물치다, 비단 ; 网, 14획)

락

洛 (강 이름 ; 水, 6획)

樂 (즐거울/풍류악/좋아할요 ; 木, 11획)

落 (떨어지다 ; 艸, 9획)

絡 (잇다, 연락하다 ; 糸, 6획)

란

亂 (어지럽다, 난리 ; 乙, 12획)

卵 (알, 기를 ; 卩, 5획)

欄 (난간 ; 木, 17획)

爛 (밝다, 문드러지다 ; 火, 17획)

蘭 (난초 ; 艸, 17획)

람

濫 (넘치다, 지나치다 ; 水, 14획)

藍 (쪽, 누더기, 절 ; 艸, 14획)

覽 (보다 ; 見, 14획)

랑

廊 (행랑, 곁채 ; 广, 10획)

浪 (물결, 방랑하다 ; 水, 7획)

郞 (사내, 남편 ; 邑, 7획)

等 (무리, 같다 ; 竹, 6획)

래

朗 (밝다, 맑다 ; 月, 7획)

來 (오다 ; 人, 6획)

랭

冷 (차다, 냉담하다 ; 冫, 5획)

략

掠 (노략질하다 ; 手, 8획)
略 (간략하다, 생략하다 ; 田, 6획)

량

兩 (둘, 짝 ; 入, 6획)
凉 (서늘하다, 얇다, 쓸쓸하다 ; 水, 8획)
梁 (들보, 다리 ; 木, 7획)
糧 (양식, 먹이 ; 米, 12획)
良 (어질다, 좋다 ; 艮, 1획)
諒 (살피다 ; 言, 8획)
量 (헤아리다, 용량 ; 里, 5획)

려

勵 (힘쓰다, 권장하다 ; 力, 15획)
慮 (생각하다, 염려하다 ; 心, 13획)
旅 (나그네, 여행하다, 함께 ; 方, 6획)
麗 (곱다/ 떨어질 리 ; 鹿, 8획)

력

力 (힘쓰다, 힘 ; 力, 0획)
曆 (책, 운수 ; 日, 12획)
歷 (지내다, 겪다 ; 止, 12획)

련

憐 (불쌍히 여기다 ; 心, 12획)
戀 (사모하다 ; 心, 19획)
蓮 (연꽃 ; 艸, 11획)
連 (연하다, 잇다 ; 辵, 7획)
練 (익히다, 가리다 ; 糸, 9획)
聯 (잇닿다, 잇다 ; 耳, 11획)
鍊 (단련하다, 쇠 불리다 ; 金, 9획)

렬

列 (벌이다, 줄 ; 刀, 4획)
劣 (용렬하다, 못나다 ; 力, 4획)
烈 (맵다, 사납다 ; 火, 6획)
裂 (찢다, 터지다 ; 衣, 6획)

렴

廉 (청렴하다 ; 广, 10획)

령

令 (명령하다, 법률 ; 人, 3획)

嶺 (재, 산고개 ; 山, 14획)
零 (떨어지다 ; 雨, 5획)
靈 (신령 ; 雨, 16획)
領 (옷깃, 우두머리 ; 頁, 5획)

례

例 (법식, 보기 ; 人, 6획)
禮 (예도, 예절 ; 示, 13획)

로

勞 (수고롭다, 일하다 ; 力, 10획)
爐 (화로 ; 火, 16획)
老 (늙다, 어른 ; 老, 0획)
路 (길 ; 足, 6획)
露 (이슬, 드러내다 ; 雨, 12획)

록

祿 (녹, 급료 ; 示, 8획)
綠 (푸르다, 초록빛 ; 糸, 8획)
錄 (기록하다 ; 金, 8획)
鹿 (사슴 ; 鹿, 0획)

론

論 (논의하다 ; 言, 8획)

롱

弄 (희롱하다 ; 廾, 4획)

뢰

賴 (의지하다, 힘입다 ; 貝, 9획)
雷 (우레 ; 雨, 5획)

료

了 (마치다 ; 亅, 1획)
料 (헤아리다 ; 斗, 6획)

룡

龍 (용 ; 龍, 0획)

루

屢 (자주, 여러 ; 尸, 11획)
淚 (눈물/눈물 흘리다 뤼 ; 水, 8획)
漏 (새다, 물시계 ; 水, 11획)
樓 (다락, 다락집 ; 木, 11획)
累 (여러 ; 糸, 5획)

류

流 (흐르다 ; 水, 7획)
柳 (버들, 수레 이름 ; 木, 5획)

류

留 (머무르다, 묵다 ; 田, 5획)
類 (무리, 종류 ; 頁, 10획)

륙

六 (여섯 ; 八, 2획)
陸 (뭍, 육지 ; 阜, 8획)

륜

倫 (인륜, 무리 ; 人, 8획)
輪 (바퀴, 둘레 ; 車, 8획)

률

律 (법, 절제하다, 음률 ; 彳, 6획)
栗 (밤나무 ; 木, 6획)
率 (비율/거느릴 솔 ; 玄, 6획)

륭

隆 (높다, 성하다 ; 阜, 9획)

릉

陵 (언덕, 임금 무덤 ; 阜, 8획)

리

利 (이롭다, 날카롭다 ; 刀, 5획)
吏 (관리, 아전 ; 口, 3획)
履 (신, 밟다 ; 尸, 12획)

리

李 (오얏, 자두, 행장 ; 木, 3획)
梨 (배 ; 木, 7획)
理 (다스리다 ; 王, 7획)
裏 (속, 안 ; 衣, 7획)
里 (마을, 이수 ; 里, 0획)
離 (떠나다, 떨어지다 ; 隹, 11획)

린

隣 (이웃, 이웃하다 ; 阜, 12획)

림

林 (수풀 ; 木, 4획)
臨 (임하다, 미치다 ; 臣, 11획)

립

立 (서다 ; 立, 5획)

마

磨 (갈다, 연자방아 ; 石, 11획)
馬 (말 ; 馬, 0획)
麻 (삼, 참깨 ; 麻, 0획)

막

幕 (휘장, 막 ; 巾, 11획)
漠 (사막, 아득하다, 넓다 ; 水, 11획)
莫 (아니다, 없다 ; 艸, 7획)

만

慢 (거만하다, 게으르다 ; 心, 11획)
滿 (차다, 가득하다 ; 水, 11획)
漫 (부질없다, 흩어지다 ; 水, 11획)
晚 (늦다, 저물다 ; 日, 7획)
萬 (일만, 많다 ; 艸, 9획)
蠻 (오랑캐 ; 虫, 19획)

말

末 (끝, 보잘것없다 ; 木, 1획)

망

亡 (망하다, 달아나다 ; 亠, 1획)
妄 (망령되다 ; 女, 3획)
忙 (바쁘다 ; 心, 3획)
忘 (잊다 ; 心, 3획)
望 (바라다 ; 月, 7획)
茫 (망망하다, 멀다 ; 艸, 6획)
罔 (없다, 그물 ; 网, 3획)

매

埋 (묻다 ; 土, 7획)
妹 (손아래 누이 ; 女, 5획)
媒 (중매 ; 女, 9획)
梅 (매화 ; 木, 7획)
每 (매양 ; 毋, 2획)

買 (사다 ; 貝, 5획)
賣 (팔다 ; 貝, 7획)

맥

脈 (맥, 줄기 ; 肉, 6획)
麥 (보리 ; 麥, 0획)

맹

孟 (맏 ; 子, 5획)
猛 (사납다, 용감하다 ; 犬, 8획)
盟 (맹세하다 ; 皿, 8획)
盲 (소경, 어둡다 ; 目, 3획)

면

免 (면하다 ; 儿, 5획)
勉 (힘쓰다, 부지런하다 ; 力, 7획)
眠 (잠자다, 쉬다 ; 目, 5획)
綿 (솜, 잇닿다 ; 糸, 8획)
面 (낯 ; 面, 0획)

멸

滅 (멸망하다 ; 水, 10획)

명

冥 (어둡다 ; 冖, 8획)

名 (이름 ; 口, 3획)
命 (목숨, 수명 ; 口, 5획)
明 (밝다 ; 日, 4획)
銘 (기록하다 ; 金, 6획)
鳴 (울다, 울리다 ; 鳥, 3획)

모

募 (모으다 ; 力, 11획)
慕 (사모하다, 생각하다 ; 心, 11획)
暮 (저물다 ; 日, 11획)
某 (아무 ; 木, 5획)
模 (법, 본보기 ; 木, 11획)
母 (어머니 ; 毋, 0획)
毛 (털, 가늘다 ; 毛, 0획)
矛 (창 ; 矛, 0획)
謀 (꾀하다, 도모하다 ; 言, 9획)
貌 (모양, 거동 ; 豸, 7획)

목

沐 (머리 감다 ; 水, 4획)
木 (나무 ; 木, 0획)
牧 (치다, 기르다 ; 牛, 4획)
目 (눈 ; 目, 0획)
睦 (화목하다 ; 目, 8획)

몰

沒 (빠지다, 잠기다 ; 水, 4획)

몽

夢 (꿈 ; 夕, 11획)
蒙 (어리석다 ; 艸, 10획)

묘

卯 (토끼, 동방 ; 卩, 3획)
墓 (무덤 ; 土, 11획)
妙 (묘하다, 예쁘다 ; 女, 4획)
廟 (사당, 종묘, 묘당 ; 广, 12획)
苗 (싹, 모종 ; 艸, 5획)

무

務 (힘쓰다, 일 ; 力, 9획)
戊 (천간 ; 戈, 1획)
武 (군사, 무예 ; 止, 4획)
無 (없다 ; 火, 8획)
茂 (무성하다 ; 艸, 5획)
舞 (춤추다 ; 舛, 8획)
貿 (무역하다, 바꾸다 ; 貝, 5획)
霧 (안개 ; 雨, 11획)

묵

墨 (먹 ; 土, 12획)
默 (말없음, 잠잠하다 ; 黑, 4획)

문

問 (묻다, 방문하다 ; 口, 8획)
文 (글월, 문서 ; 文, 0획)
聞 (듣다, 냄새 맡다 ; 耳, 8획)
門 (문, 집안 ; 門, 0획)

물

勿 (말다, 없다 ; 勹, 2획)
物 (만물, 물건 ; 牛, 4획)

미

味 (맛, 맛보다 ; 口, 5획)
尾 (꼬리, 끝 ; 尸, 4획)
微 (미미하다 ; 彳, 10획)
未 (아직, 아니다 ; 木, 1획)
迷 (미혹하다, 길 잘못 들다 ; 辵, 6획)
眉 (눈썹 ; 目, 4획)
米 (쌀 ; 米, 0획)
美 (아름답다 ; 羊, 3획)

민

憫 (불쌍히 여기다 ; 心, 8획)
敏 (민첩하다, 예민하다 ; 攵, 7획)
民 (백성 ; 氏, 1획)

밀

密 (빽빽하다, 촘촘하다 ; 宀, 8획)
蜜 (꿀 ; 虫, 8획)

박

博 (넓다, 장기 ; 十, 10획)
拍 (손뼉치다/가락 백 ; 手, 5획)
泊 (묵다, 떠돌아다니다 ; 水, 5획)
朴 (순박하다, 성 ; 木, 2획)
薄 (엷다 ; 艸, 13획)
迫 (핍박하다 ; 辵, 5획)

반

半 (절반, 나누다 ; 十, 3획)
反 (돌이키다, 반대하다 ; 又, 2획)
叛 (배반하다 ; 又, 7획)
班 (나누다, 반 ; 王, 6획)
返 (돌아오다 ; 辵, 4획)
盤 (쟁반, 받침 ; 皿, 10획)
般 (옮기다, 돌다 ; 舟, 4획)
飯 (밥, 먹다 ; 食, 4획)

발

拔 (빼다, 뛰어나다 ; 手, 5획)
發 (드러내다 ; 癶, 7획)
髮 (터럭, 머리털 ; 髟, 5획)

방

倣 (본받다, 모방하다 ; 人, 3획)

傍 (곁 ; 人, 10획)

妨 (방해하다 ; 女, 4획)

防 (막다, 둑 ; 阜, 4획)

邦 (나라 ; 邑, 4획)

房 (방 ; 戶, 4획)

放 (놓다, 내쫓다; 攵, 4획)

方 (모, 네모 ; 方, 0획)

芳 (꽃답다, 이름 빛나다 ; 艸, 4획)

訪 (찾다, 널리 묻다 ; 言, 4획)

배

倍 (곱, 갑절 ; 人, 8획)

培 (북돋다, 가꾸다 ; 土, 8획)

排 (물리치다 ; 手, 8획)

拜 (절하다, 삼가고 공경하다 ; 手, 5획)

杯 (잔 ; 木, 4획)

背 (등, 배반하다 ; 肉, 5획)

輩 (무리, 동배, 떼 짓다 ; 車, 8획)

配 (짝, 나누다 ; 酉, 3획)

백

伯 (맏이 ; 人, 5획)

柏 (잣나무 ; 木, 6획)

白 (희다, 깨끗하다 ; 白, 0획)

百 (일백, 많다 ; 白, 1획)

번

煩 (번거롭다, ; 火, 9획)

番 (차례, 번, 횟수 ; 田, 7획)

繁 (번성하다, 많다 ; 糸, 11획)

飜 (번역하다, 뒤집다 ; 飛, 12획)

벌

伐 (치다, 베다 ; 人, 4획)

罰 (벌주다, 벌 ; 网, 9획)

범

凡 (무릇, 대강 ; 几, 1획)

汎 (뜨다 ; 水, 3획)

犯 (범하다 ; 犬, 2획)

範 (법, 본보기 ; 竹, 9획)

법

法 (법, 방법 ; 水, 3획)

벽

壁 (벽 ; 土, 13획)

碧 (푸르다 ; 石, 9획)

변

邊 (가, 곁, 국경 ; 辵, 15획)

變 (변하다 ; 言, 16획)

辨 (분별하다 ; 辛, 19획)
辯 (말 잘하다 ; 辛, 14획)
便 (오줌/편할 편 ; 人, 7획)

별

別 (다르다, 나누다 ; 刀, 5획)

병

丙 (남녘, 천간 ; 一, 4획)
兵 (군사, 병졸 ; 八, 5획)
屛 (병풍, 숨죽이다 ; 尸, 6획)
病 (병, 근심하다 ; 疒, 5획)
竝 (아우르다 ; 立, 5획)

보

保 (보호하다, 지키다 ; 人, 7획)
報 (갚다, 알리다 ; 土, 9획)
寶 (보배, 보배롭다 ; 宀, 17획)
普 (넓다, 두루 ; 日, 8획)
步 (걸음, 걷다 ; 止, 3획)
補 (깁다, 돕다 ; 衣, 7획)
譜 (계보, 악보 ; 言, 12획)

복

伏 (엎드리다 ; 人, 4획)
卜 (점 ; 卜, 0획)
復 (회복하다, 돌아오다 ; 彳, 9획)
服 (옷, 일하다 ; 肉, 4획)

福 (복, 상서롭다 ; 示, 9획)
複 (겹치다, 겹옷 ; 衣, 9획)
腹 (배, 마음 ; 肉, 9획)

본

本 (근본, 책 ; 木, 1획)

봉

奉 (받들다 ; 大, 5획)
封 (봉하다 ; 寸, 6획)
峯 (봉우리 ; 山, 7획)
逢 (만나다 ; 辵, 7획)
蜂 (벌 ; 虫, 7획)
鳳 (봉새, 봉황 ; 鳥, 3획)

부

付 (주다 ; 人, 3획)
剖 (쪼개다, 가르다 ; 刀, 8획)
副 (버금, 다음 ; 刀, 9획)
否 (아니다 ; 口, 4획)
夫 (사내, 남편 ; 大, 1획)
婦 (며느리, 아내 ; 女, 3획)
富 (부자, 넉넉하다 ; 宀, 9획)
府 (마을, 곳집 ; 广, 5획)
扶 (돕다, 부축하다 ; 手, 4획)
浮 (뜨다, 떠다니다 ; 水, 7획)
附 (붙다 ; 阜, 5획)

240

部 (나누다 ; 邑, 8획)
父 (아버지 ; 父, 0획)
符 (부신, 들어맞다 ; 竹, 5획)
簿 (장부, 문서 ; 竹, 13획)
腐 (썩다, 마음 괴롭히다 ; 肉, 8획)
膚 (살갗, 얕다 ; 肉, 11획)
負 (짐지다, 빚지다 ; 貝, 2획)
賦 (구실, 세금 거두다 ; 貝, 8획)
赴 (다다르다, 부고하다 ; 走, 2획)

북

北 (북녘, 달아날 배 ; 匕, 3획)

분

分 (나누다, 신분 ; 刀, 2획)
墳 (무덤, 봉분 ; 土, 12획)
奔 (달아나다, 달리다 ; 大, 5획)
奮 (떨치다, 힘쓰다 ; 大, 13획)
憤 (분하다, 성내다 ; 心, 12획)
紛 (어지럽다 ; 糸, 4획)
粉 (가루 ; 米, 4획)

불

不 (아니다/없다 부 ; 一, 3획)
弗 (아니다, 달러 ; 弓, 2획)
佛 (부처 ; 人, 5획)

拂 (떨치다 ; 手, 5획)

붕

崩 (산 무너지다, 죽다 ; 山, 8획)
朋 (벗, 무리 ; 月, 4획)

비

備 (갖추다, 준비하다 ; 人, 10획)
卑 (낮다, 천하다 ; 十, 6획)
妃 (왕비, 배필 ; 女, 3획)
婢 (계집종 ; 女, 8획)
批 (비평하다, 손으로 치다 ; 手, 4획)
悲 (슬프다, 슬퍼하다 ; 心, 8획)
比 (견주다, 나란하다 ; 比, 0획)
碑 (비석 ; 石, 8획)
秘 (숨기다, 비밀 ; 禾, 5획)
肥 (살찌다, 거름 ; 肉, 4획)
費 (소비하다, 쓰다 ; 貝, 5획)
非 (아니다, 그르다 ; 非, 0획)
飛 (날다, 빠르다 ; 飛, 0획)
鼻 (코, 처음 ; 鼻, 0획)

빈

貧 (가난하다 ; 貝, 4획)
賓 (손님, 공경하다 ; 貝, 8획)
頻 (자주 ; 頁, 7획)

빙

氷 (얼음, 얼다 ; 水, 1획)
聘 (부르다, 초빙하다 ; 耳, 7획)

사

事 (일, 섬기다 ; 亅, 7획)
仕 (벼슬, 섬기다 ; 人, 3획)
似 (같다, 닮다, 비슷하다 ; 人, 5획)
使 (하여금, 부리다 ; 人, 6획)
司 (맡다, 벼슬 ; 口, 2획)
史 (역사, 사기 ; 口, 2획)
四 (넉, 넷 ; 口, 2획)
士 (선비 ; 士, 0획)
寫 (베끼다, 그리다 ; 宀, 13획)
寺 (절/관청 시 ; 寸, 3획)
射 (쏘다/맞출 석 ; 寸, 7획)
巳 (뱀, 여섯째지지 ; 己, 0획)
師 (스승, 군사 ; 巾, 7획)
捨 (버리다, 베풀다 ; 手, 8획)
沙 (모래, 일다 ; 水, 4획)
邪 (간사하다, 어조사 ; 邑, 4획)
思 (생각하다 ; 心, 5획)
斜 (비끼다, 비스듬하다 ; 斗, 7획)
斯 (이, 어조사 ; 斤, 8획)
査 (조사하다 ; 木, 5획)
死 (죽다 ; 歹, 2획)
祀 (제사 ; 示, 3획)
社 (모이다, 단체 ; 示, 3획)
私 (사사로이 하다 ; 禾, 2획)

絲 (실, 거문고 ; 糸, 6획)
舍 (집, 쉬다 ; 舌, 2획)
蛇 (뱀 ; 虫, 5획)
詐 (속이다 ; 言, 5획)
詞 (말, 글 ; 言, 5획)
謝 (사례하다 ; 言, 10획)
賜 (주다, 하사하다 ; 貝, 8획)
辭 (말, 글, 사양하다 ; 辛, 12획)
食 (밥/먹을 식 ; 食, 0획)

삭

削 (깎다, 빼앗다 ; 刀, 7획)
數 (자주/셈할 수 ; 攵, 11획)
索 (동아줄/찾을 색 ; 糸, 4획)
朔 (초하루, 북쪽 ; 月, 6획)

산

山 (메, 무덤 ; 山, 0획)
散 (흩어지다, 한가롭다, ; 攵, 8획)
産 (낳다 ; 生, 6획)
算 (셈하다, 계산하다 ; 竹, 8획)
酸 (시다, 아프다 ; 酉, 7획)

살

殺 (죽이다/감할 쇄 ; 殳, 7획)

삼

三 (셋 ; 一, 2획)
參 (셋/참여할 참 ; 厶 , 9획)
森 (빽빽하다, 수풀 ; 木, 8획)

상

上 (위, 오르다 ; 一, 2획)
傷 (상하다, 다치다 ; 人, 11획)
像 (형상, 본뜨다 ; 人, 12획)
償 (갚다, 물어주다 ; 人, 15획)
商 (장사, 헤아리다 ; 口, 8획)
喪 (죽다, 망하다 ; 口, 9획)
嘗 (맛보다, 일찍 ; 口, 11획)
尙 (오히려, 숭상하다 ; 小, 5획)
常 (떳떳하다, 항상 ; 巾, 8획)
床 (평상, 잠자리 ; 广, 4획)
想 (생각하다 ; 心, 9획)
桑 (뽕나무 ; 木, 6획)
狀 (형상/문서 장 ; 犬, 4획)
相 (서로, 모양 ; 目, 4획)
祥 (상서롭다 ; 示, 6획)
裳 (치마 ; 衣, 8획)
詳 (자세하다, 상세하다 ; 言, 6획)
象 (코끼리, 형상 ; 豕, 6획)
賞 (상주다, 칭찬하다 ; 貝, 8획)
霜 (서리, 세월 ; 雨, 9획)

쌍

雙 (쌍 ; 又, 10획)

새

塞 (변방, 요새/막을 색 ; 土, 10획)

색

索 (찾다, 더듬다 ; 糸, 4획)
色 (빛, 색 ; 色, 0획)

생

生 (날, 낳다 ; 生, 0획)

서

序 (차례, 실마리 ; 广, 4획)
庶 (여러 ; 广, 4획)
徐 (천천히 하다 ; 彳, 7획)
恕 (용서하다, 동정하다 ; 心, 6획)
敍 (펴다, 쓰다 ; 攵 , 7획)
暑 (덥다, 더위 ; 日, 9획)
書 (글, 문서 ; 日, 6획)
緖 (실마리, 찾다 ; 糸, 9획)
署 (관청, 마을 ; 罒, 9획)
西 (서녘 ; 西, 0획)

석

夕 (저녁, 기울다 ; 夕, 0획)
席 (자리, 돗자리 ; 巾, 7획)
惜 (아깝게 여기다 ; 心, 8획)
昔 (옛, 어제 ; 日, 4획)
析 (쪼개다, 나누다 ; 木, 4획)
石 (돌 ; 石, 0획)
釋 (해석하다 ; 釆, 13획)

선

仙 (신선 ; 人, 3획)
先 (먼저, 앞서다 ; 人, 4획)
善 (착하다, 훌륭하다 ; 口, 9획)
宣 (베풀다, 널리 펴다 ; 宀, 6획)
旋 (돌다, 빙빙 돌다, 돌아오다 ; 方, 7획)
選 (가리다 ; 辶, 12획)
禪 (사양하다, 좌선하다 ; 示, 12획)
線 (줄, 실 ; 糸, 9획)
船 (배 ; 舟, 5획)
鮮 (곱다, 싱싱하다 ; 魚, 6획)

설

舌 (혀, 말 ; 舌, 0획)
設 (세우다 ; 言, 4획)
說 (말씀/달랠 세/기쁠 열 ; 言, 7획)
雪 (눈, 씻다 ; 雨, 3획)

섭

涉 (건너다 ; 水, 7획)

성

城 (성 ; 土, 7획)
姓 (성, 백성 ; 女, 5획)
性 (성품, 바탕, 성 ; 心, 5획)
成 (이루다, 되다 ; 戈, 2획)
星 (별, 세월 ; 日, 5획)
盛 (성하다, 담다, 많다 ; 皿, 7획)
省 (살피다/덜 생 ; 目, 4획)
聖 (성인, 지존하다 ; 耳, 7획)
聲 (소리 ; 耳, 11획)
誠 (정성, 진실 ; 言, 7획)

세

世 (세상, 평생 ; 一, 4획)
勢 (기세, 권세 ; 力, 11획)
洗 (씻다, 깨끗하다 ; 水, 6획)
歲 (해, 나이, 세월 ; 止, 9획)
稅 (세금 ; 禾, 7획)
細 (가늘다, 자세하다 ; 糸, 5획)

소

召 (부르다 ; 口, 2획)
小 (작다, 조금 ; 小, 0획)

少 (젊다, 적다 ; 小, 1획)
掃 (쓸다 ; 手, 8획)
消 (사라지다, 물러서다 ; 水, 7획)
所 (바, 곳 ; 戶, 4획)
昭 (밝다 ; 日, 5획)
燒 (불사르다 ; 火, 12획)
蔬 (풋나물, 채소 ; 艸, 11획)
蘇 (깨어나다, 회생하다 ; 艸, 16획)
疏 (성기다, 소통하다 ; 疋, 7획)
笑 (웃다 ; 竹, 4획)
素 (희다, 바탕, 평소 ; 糸, 4획)
訴 (하소연하다 ; 言, 5획)
騷 (시끄럽다, 풍류 ; 馬, 10획)

속

俗 (풍속, 속되다 ; 人, 7획)
屬 (붙다, 무리/부탁할 촉 ; 尸, 18획)
束 (묶다, 묶음, 약속하다 ; 木, 3획)
速 (빠르다 ; 辵, 7획)
粟 (조, 벼, 오곡 ; 米, 6획)
續 (잇다 ; 糸, 15획)

손

孫 (손자 ; 子, 7획)
損 (덜다, 감하다 ; 手, 10획)

송

松 (솔, 소나무 ; 木, 4획)
送 (보내다 ; 辵, 6획)
訟 (송사하다 ; 言, 4획)
誦 (외다, 소리내어 읽다 ; 言, 4획)
頌 (칭송하다 ; 頁, 4획)

쇄

刷 (인쇄하다, 박다 ; 刀, 6획)
殺 (감하다/죽일 살 ; 殳, 7획)
鎖 (쇠사슬 ; 金, 10획)

쇠

衰 (쇠잔하다 ; 衣, 4획)

수

修 (닦다, 익히다 ; 人, 8획)
受 (받다, 입다 ; 又, 6획)
囚 (가두다, 죄수 ; 囗, 2획)
壽 (목숨, 나이 ; 士, 11획)
守 (지키다, 막다, 살피다 ; 宀, 3획)
帥 (장수, 거느리다 ; 巾, 6획)
授 (주다, 가르치다 ; 手, 8획)
隨 (따르다 ; 阜, 13획)
愁 (근심 ; 心, 9획)
手 (손, 손수하다, 재주 ; 手, 0)

收 (거두다, 잡다 ; 攵, 2획)

數 (세다, 셈하다 ; 攵, 11획)

樹 (나무, 세우다 ; 木, 12획)

殊 (다르다, 뛰어나다 ; 歹, 6획)

水 (물, 고르다 ; 水, 0획)

獸 (짐승, 길짐승 ; 犬, 15획)

遂 (드디어, 이루다 ; 辶, 9획)

睡 (졸다, 잠자다 ; 目, 8획)

秀 (빼어나다 ; 禾, 2획)

誰 (누구 ; 言, 8획)

輸 (실어 내다, 나르다 ; 車, 9획)

雖 (비록 ; 隹, 9획)

需 (구하다 ; 雨, 6획)

須 (모름지기, 수염 ; 頁, 3획)

首 (머리, 우두머리 ; 首, 0획)

숙

叔 (아재비 ; 又, 6획)

孰 (누구, 어느, 무엇 ; 子, 8획)

宿 (자다, 묵다 ; 宀, 8획)

淑 (맑다, 착하다 ; 水, 8획)

熟 (익숙하다 ; 火, 11획)

肅 (엄숙하다 ; 聿, 8획)

순

巡 (순행하다, 두루 돌다 ; 川, 4획)

循 (돌다, 좇다 ; 彳, 9획)

旬 (열흘 ; 日, 2획)

殉 (따라 죽다, 순사하다 ; 歹, 6획)

盾 (방패 ; 目, 4획)

瞬 (눈 깜짝하다 ; 目, 12획)

純 (순수하다, 오로지 ; 糸, 4획)

脣 (입술 ; 肉, 7획)

順 (순하다, 좇다, 차례 ; 頁, 3획)

술

戌 (개, 열한째 지지 ; 戈, 2획)

述 (짓다, 펴다, 말하다 ; 辶, 5획)

術 (재주, 기술 ; 行, 5획)

숭

崇 (높이다, 높다 ; 山, 8획)

습

拾 (줍다/열 십 ; 手, 6획)

濕 (젖다, 축축하다 ; 水, 14획)

習 (익히다, 배우다 ; 羽, 5획)

襲 (엄습하다 ; 衣, 16획)

승

乘 (타다, 수레 ; 丿, 9획)

246

僧 (중 ; 人, 12획)
勝 (이기다, 낫다 ; 力, 10획)
升 (오르다 ; 十, 2획)
承 (잇다, 받아들이다 ; 手, 4획)
昇 (오르다, 올리다 ; 日, 4획)

시

侍 (모시다, 받들다 ; 人, 6획)
始 (비로소, 처음 ; 女, 5획)
市 (저자, 시가 ; 巾, 2획)
施 (베풀다, 주다 ; 方, 5획)
是 (이, 옳다 ; 日, 5획)
時 (때, 철 ; 日, 6획)
矢 (화살, 맹세하다 ; 矢, 0획)
示 (보이다, 지시하다 ; 示, 0획)
視 (보다, 살피다 ; 見, 5획)
詩 (귀글, 시 ; 言, 6획)
試 (시험하다 ; 言, 6획)

씨

氏 (각시, 성 ; 氏, 0획)

식

式 (법, 제도 ; 弋, 3획)
息 (숨쉬다, 쉬다 ; 心, 6획)
植 (심다, 식물 ; 木, 8획)

識 (알다, 보다/기록할 지 ; 言, 12획)
食 (밥, 먹다, 양식/먹일 사 ; 食, 0획)
飾 (꾸미다 ; 食, 5획)

신

伸 (펴다, 기지개 켜다 ; 人, 5획)
信 (믿다, 믿음 ; 人, 7획)
愼 (삼가다, 이루다, 이룩하다 ; 心, 10획)
新 (새, 새롭다 ; 斤, 9획)
晨 (새벽 ; 日, 7획)
申 (납, 아홉째지지 ; 田, 0획)
神 (귀신, 신 ; 示, 5획)
臣 (신하, 백성, 신 ; 臣, 0획)
身 (몸 ; 身, 0획)
辛 (맵다, 괴롭다 ; 辛, 0획)
辰 (때 ; 辰, 0획)

실

失 (잃다, 그르치다 ; 大, 2획)
室 (집, 아내 ; 宀, 6획)
實 (열매, 실제 ; 宀, 11획)

심

審 (살피다, 조사하다 ; 宀, 12획)
尋 (찾다, 찾아보다 ; 寸, 9획)
深 (깊다, 짙다 ; 水, 8획)

心 (마음, 생각 ; 心, 0획)
甚 (심하다, 더욱, 매우 ; 甘, 4획)

십

十 (열 ; 十, 0획)

아

亞 (버금, 아시아 ; 二, 6획)
兒 (어린 아이, 아기 ; 人, 6획)
阿 (언덕, 아첨하다 ; 阜, 5획)
我 (나, 우리 ; 戈, 3획)
牙 (어금니, 상아 ; 牙, 0획)
芽 (싹 ; 艸, 4획)
雅 (아담하다, 바르다, 평소 ; 隹, 4획)
餓 (주리다, 굶다 ; 食, 7획)

악

岳 (큰산 ; 山, 5획)
惡 (악하다/미워할 오 ; 心, 8획)

안

安 (편안하다 ; 宀, 3획)
岸 (언덕 ; 山, 5획)
案 (책상 ; 木, 6획)
眼 (눈, 요점 ; 目, 6획)
雁 (기러기 ; 厂, 4획)
顔 (얼굴 ; 頁, 9획)

알

謁 (아뢰다, 뵙다 ; 言, 9획)

암

巖 (바위 ; 山, 20획)
暗 (어둡다 ; 日, 9획)

압

壓 (누르다 ; 土, 14획)

앙

仰 (우러르다, 우러러 보다 ; 人, 4획)
央 (가운데 ; 大, 2획)
殃 (재앙 ; 歹, 5획)

애

哀 (슬퍼하다, 가엾이 여기다 ; 口, 6획)
涯 (물가, 가, 끝 ; 水, 8획)
愛 (사랑 ; 心, 9획)

액

厄 (재앙, 액 ; 厂, 2획)
額 (이마 ; 頁, 9획)

야

也 (어조사 ; 乙, 2획)
夜 (밤 ; 夕, 5획)
耶 (어조사 ; 耳, 3획)
野 (들 ; 里, 4획)

약

弱 (약하다, 나이 젊다 ; 弓, 7획)
若 (같다, 만약 ; 艸, 5획)
藥 (약 ; 艸, 15획)
約 (대략, 약속하다 ; 糸, 3획)

양

壤 (흙, 땅 ; 土, 17획)
揚 (날리다, 떨치다 ; 手, 9획)
洋 (큰 바다, 서양 ; 水, 6획)
陽 (볕, 해 ; 阜, 9획)
楊 (버들 ; 木, 9획)
樣 (모양, 본 ; 木, 11획)
羊 (양 ; 羊, 0획)
讓 (사양하다, 겸손하다 ; 言, 17획)
養 (기르다, 봉양하다, ; 食, 6획)

어

御 (지키다 ; 彳, 8획)
漁 (고기 잡다 ; 水, 11획)

於 (어조사/탄식하는 소리 오 ; 方, 4획)
語 (말하다 ; 言, 7획)
魚 (물고기 ; 魚, 0획)

억

億 (억, 많은 수 ; 人, 13획)
憶 (생각하다, 기억하다 ; 心, 13획)
抑 (누르다, 억누르다 ; 手, 4획)

언

焉 (어찌, 어조사 ; 火, 7획)
言 (말씀 ; 言, 0획)

엄

嚴 (엄하다, 엄숙하다 ; 口, 17획)

업

業 (업, 일 ; 木, 9획)

여

予 (나, 주다 ; 亅, 3획)
余 (나 ; 人, 5획)
如 (같다, 어찌 ; 女, 3획)
汝 (너 ; 水, 3획)
與 (주다, 더불다 ; 臼, 7획)

與 (수레, 가마 ; 車, 10획)
餘 (남다, 나머지 ; 食, 7획)

역

亦 (또, 또한 ; 亠, 4획)
域 (지경, 구역 ; 土, 8획)
役 (부리다 ; 彳, 4획)
易 (바꾸다 / 편할 이 ; 日, 4획)
逆 (거스르다, 거역하다 ; 辵, 6획)
疫 (전염병 ; 疒, 4획)
譯 (번역하다, 통역하다 ; 言, 13획)
驛 (역말, 역참 ; 馬, 13획)

연

宴 (잔치, 편안하다 ; 宀, 7획)
延 (끌, 늘이다 ; 廴, 4획)
沿 (물 따라 내려가다 ; 水, 5획)
演 (행하다 ; 水, 11획)
煙 (연기, 안개 ; 火, 9획)
燃 (불타다 ; 火, 12획)
然 (그러하다 ; 火, 8획)
燕 (제비, 연나라, 잔치 ; 火, 12획)
研 (갈다 ; 石, 6획)
硯 (벼루 ; 石, 7획)
緣 (인연, 이유 ; 糸, 9획)
軟 (연하다, 연약하다 ; 車, 4획)
鉛 (납 ; 金, 5획)

열

悅 (기쁘다, 즐거워하다 ; 心, 7획)
熱 (덥다, 뜨겁다 ; 火, 11획)
說 (기껍다 ; 言, 7획)

염

染 (물들이다 ; 木, 5획)
炎 (불꽃, 불타다 ; 火, 4획)
鹽 (소금 ; 鹵, 13획)

엽

葉 (낙잎, 세대 ; 艸, 9획)

영

影 (그림자, 초상 ; 彡, 12획)
泳 (헤엄치다 ; 水, 5획)
映 (비치다, 비추다 ; 日, 5획)
榮 (영화롭다, 명예 ; 木, 10획)
永 (길다, 오래다 ; 水, 1획)
營 (경영하다 ; 火, 13획)
英 (꽃부리 ; 艸, 5획)
迎 (맞다, 맞이하다 ; 辵, 4획)
詠 (읊다, 노래하다 ; 言, 5획)

예

藝 (재주, 학문 ; 艸, 15획)
譽 (기리다, 명예 ; 言, 14획)
豫 (미리 ; 豕, 9획)
銳 (날카롭다 ; 金, 7획)

오

五 (다섯 ; 二, 2획)
傲 (거만하다 ; 人, 11획)
午 (정오 ; 十, 2획)
吾 (나 ; 口, 4획)
嗚 (탄식하다 ; 口, 10획)
娛 (즐거워하다 ; 女, 7획)
悟 (깨닫다, 깨우쳐 주다 ; 心, 7획)
惡 (미워하다/악할 악 ; 心, 8획)
汚 (더럽다, 더럽히다 ; 水, 3획)
梧 (오동나무 ; 木, 7획)
烏 (까마귀, 검다 ; 火, 6획)
誤 (그르치다 ; 言, 7획)

옥

屋 (집, 지붕 ; 尸, 6획)
獄 (감옥, 소송 ; 犬, 10획)
玉 (구슬 ; 王, 0획)

온

溫 (따뜻하다 ; 水, 10획)

옹

翁 (늙은이 ; 羽, 4획)

와

瓦 (기와, 질그릇 ; 瓦, 0획)
臥 (눕다, 굽히다 ; 臣, 2획)

완

完 (완전하다 ; 宀, 4획)
緩 (느리다, 느슨하다 ; 糸, 9획)

왈

曰 (가로 ; 曰, 0획)

왕

往 (가다 ; 彳, 5획)
王 (임금 ; 王, 0획)

외

外 (바깥, 외국 ; 夕, 2획)
畏 (두려워하다 ; 田, 4획)

요

搖 (흔들다 ; 手, 10획)

遙 (멀다, 심오하다 ; 辵, 10획)

腰 (허리 ; 肉, 9획)

要 (중요하다 ; 襾, 3획)

謠 (노래 ; 言, 10획)

욕

浴 (목욕하다 ; 水, 7획)

慾 (욕심, 욕정 ; 心, 11획)

欲 (하고자 하다 ; 欠, 7획)

辱 (욕되게 하다 ; 辰, 3획)

용

勇 (용감하다 ; 力, 7획)

容 (얼굴, 담다 ; 宀, 7획)

庸 (떳떳하다, 쓰다 ; 广, 8획)

用 (쓰다 ; 用, 0획)

우

于 (어조사 ; 二, 1획)

偶 (짝, 우연 ; 人, 9획)

優 (후하다, 뛰어나다 ; 人, 15획)

又 (또 ; 又, 0획)

友 (벗, 벗하다 ; 又, 2획)

右 (오른쪽 ; 口, 2획)

宇 (집, 하늘 ; 宀, 3획)

尤 (더욱, 허물 ; 尢, 1획)

郵 (우편, 역마 ; 邑, 8획)

愚 (어리석다 ; 心, 9획)

憂 (근심 ; 心, 11획)

牛 (소 ; 牛, 0획)

遇 (만나다, 대접하다 ; 辵, 9획)

羽 (깃, 날개 ; 羽, 0획)

雨 (비, 비오다 ; 雨, 0획)

운

云 (이르다, 말하다 ; 二, 2획)

運 (운전하다 ; 辵, 9획)

雲 (구름 ; 雨, 4획)

韻 (운, 운치 ; 音, 10획)

웅

雄 (수컷, 웅장하다 ; 隹, 4획)

원

元 (으뜸, 우두머리, 근본 ; 儿, 2획)

原 (근원, 언덕 ; 厂, 8획)

員 (인원, 관원 ; 口, 7획)

圓 (둥글다, 원 ; 口, 10획)

園 (동산 ; 口, 10획)

援 (구원하다, 돕다 ; 手, 9획)

源 (근원 ; 水, 10획)

院 (집 ; 阜, 7획)

월

怨 (원망하다, 원수 ; 心, 5획)
遠 (멀다, 심오하다 ; 辵, 10획)
願 (원하다, 바라다, 소원 ; 頁, 10획)

月 (달, 세월 ; 月, 0획)
越 (넘다, 넘기다 ; 走, 5획)

위

位 (자리, 벼슬 ; 人, 5획)
偉 (크다, 훌륭하다 ; 人, 9획)
僞 (거짓, 속이다 ; 人, 12획)
危 (위태하다, 두려워하다 ; 卩, 4획)
圍 (둘레, 둘러싸다 ; 口, 9획)
委 (맡기다, 버리다 ; 女, 5획)
威 (위엄, 세력 ; 女, 6획)
慰 (위로하다 ; 心, 11획)
爲 (하다, 되다 ; 爪, 8획)
違 (어기다, 잘못 ; 辵, 9획)
緯 (씨줄, 씨 ; 糸, 9획)
胃 (밥통, 위 ; 肉, 5획)
衛 (호위하다, 지키다 ; 行, 10획)
謂 (이르다, 고하다 ; 言, 9획)

유

乳 (젖 ; 乙, 7획)
儒 (선비, 유교 ; 人, 14획)
唯 (오직, 대답하다 ; 口, 8획)

幼 (어리다, 어린이 ; 幺, 2획)
幽 (그윽하다 ; 幺, 6획)
惟 (생각하다, 오직 ; 心, 8획)
油 (기름 ; 水, 5획)
猶 (오히려, 같다 ; 犬, 9획)
悠 (멀다, 아득하다 ; 心, 7획)
愈 (더욱, 낫다 ; 心, 9획)
有 (있다, 가지다 ; 月, 2획)
柔 (부드럽다, 순하다 ; 木, 5획)
遊 (놀다, 여행하다 ; 辵, 9획)
遺 (끼치다, 잃다 ; 辵, 12획)
由 (말미암다 ; 田, 0획)
裕 (너그럽다 ; 衣, 7획)
維 (매다, 묶다, 잇다 ; 糸, 8획)
誘 (꾀다, 당기다 ; 言, 7획)
酉 (닭, 열째지지 ; 酉, 0획)

육

肉 (고기, 살, 몸 ; 肉, 0획)
育 (기르다 ; 肉, 4획)

윤

潤 (윤택하다, 젖다 ; 水, 12획)
閏 (윤달 ; 門, 4획)

은

隱 (숨다, 숨기다 ; 阜, 14획)

을

恩 (은혜, 사랑하다 ; 心, 6획)
銀 (은, 돈 ; 金, 6획)

乙 (새, 천간 ; 乙, 0획)

음

吟 (읊다 ; 口, 4획)
淫 (음란하다 ; 水, 8획)
陰 (그늘, 세월 ; 阜, 8획)
音 (소리, 음악 ; 音, 0획)
飮 (마시다, 물먹다 ; 食, 4획)

읍

泣 (울다 ; 水, 5획)
邑 (고을, 마을 ; 邑, 0획)

응

應 (응하다, 대답하다 ; 心, 13획)

의

依 (의지하다 ; 人, 6획)
儀 (거동, 모형 ; 人, 13획)
宜 (마땅하다, 옳다 ; 宀, 5획)
意 (뜻, 생각, 의미 ; 心, 9획)

疑 (의심하다 ; 疋, 9획)
矣 (어조사 ; 矢, 2획)
義 (옳다, 바르다 ; 羊, 7획)
衣 (옷 ; 衣, 0획)
議 (의논하다 ; 言, 13획)
醫 (의원, 병 고치다 ; 酉, 11획)

이

二 (둘 ; 二, 0획)
以 (써, ~부터, 까닭 ; 人, 3획)
夷 (오랑캐 ; 大, 3획)
已 (이미 ; 己, 0획)
易 (쉽다/바꿀 역 ; 日, 4획)
異 (다르다, 이상하다 ; 田, 6획)
移 (옮기다 ; 禾, 6획)
而 (어조사 ; 而, 0획)
耳 (귀 ; 耳, 0획)
貳 (둘 ; 貝, 5획)

익

益 (더하다 ; 皿, 5획)
翼 (날개 ; 羽, 12획)

인

人 (사람 ; 人, 0획)
仁 (어질다, 인자하다 ; 人, 2획)

刀 (칼날, 칼 ; 刀, 1획)
印 (도장, 찍다 ; 卩, 4획)
因 (인하다, 까닭 ; 口, 3획)
姻 (혼인하다 ; 女, 6획)
寅 (동방, 셋째지지 ; 宀, 8획)
引 (끌다, 당기다 ; 弓, 1획)
忍 (참다, 모질다 ; 心, 3획)
認 (인정하다, 알다 ; 言, 7획)

일

一 (하나 ; 一, 0획)
壹 (하나 ; 士, 9획)
日 (날, 해 ; 日, 0획)
逸 (달아나다 ; 辵, 8획)

임

任 (맡기다, 맡다 ; 人, 4획)
壬 (아홉째 천간 ; 士, 1획)
賃 (품삯, 빌리다 ; 貝, 6획)

입

入 (들다, 들어오다 ; 入, 0획)

자

刺 (찌르다, 가시 ; 刀, 6획)
姉 (누이, 맏누이 ; 女, 5획)
姿 (맵시, 모습 ; 女, 6획)

子 (아들, 당신, 사람 ; 子, 0획)
字 (글자 ; 子, 3획)
恣 (방자하다 ; 心, 6획)
慈 (사랑하다 ; 心, 10획)
者 (놈, 사람, 어조사 ; 老, 5획)
玆 (이, 거듭 ; 玄, 5획)
紫 (자주빛 ; 糸, 6획)
自 (스스로, 저절로 ; 自, 0획)
資 (재물, 자본 ; 貝, 6획)
雌 (암컷 ; 隹, 6획)

작

作 (짓다 ; 人, 5획)
昨 (어제 ; 日, 5획)
爵 (벼슬 ; 爪, 14획)
酌 (따르다 ; 酉, 3획)

잔

殘 (남다, 모질다 ; 歹, 8획)

잠

潛 (잠기다 ; 水, 12획)
暫 (잠깐 ; 日, 11획)
蠶 (누에 ; 虫, 18획)

잡

雜 (섞이다 ; 隹 , 10획)

장

丈 (어른 ; 一, 2획)
場 (마당 ; 土, 9획)
壯 (장하다, 힘세다 ; 土, 4획)
獎 (장려하다, 권하다 ; 大, 11획)
將 (장수 ; 寸, 8획)
帳 (장막, 휘장 ; 巾, 8획)
張 (베풀다 ; 弓, 9획)
狀 (문서/모양 장/형상 상 ; 犬, 4획)
障 (막히다, 거리끼다 ; 阜, 11획)
掌 (손바닥 ; 手, 8획)
牆 (담장 ; 爿, 13획)
莊 (장중하다 ; 艸, 7획)
葬 (장사지내다 ; 艸, 9획)
藏 (감추다 ; 艸, 14획)
章 (문장 ; 立, 6획)
粧 (단장하다 ; 米, 6획)
腸 (창자 ; 肉, 9획)
臟 (오장 ; 肉, 20획)
裝 (꾸미다 ; 衣, 7획)
長 (길다, 어른 ; 長, 0획)

재

再 (거듭 ; 冂, 4획)

哉 (비롯하다, 어조사 ; 口, 6획)
在 (있다 ; 土, 3획)
才 (재주 ; 手, 0획)
材 (재목 ; 木, 3획)
栽 (심다 ; 木, 6획)
災 (재앙 ; 火, 3획)
裁 (마르다, 헤아리다 ; 衣, 6획)
財 (재물 ; 貝, 3획)
載 (싣다 ; 車, 6획)

쟁

爭 (다투다 ; 爪, 4획)

저

低 (낮다 ; 人, 5획)
底 (밑 ; 广, 5획)
抵 (막다 ; 手, 5획)
著 (나타나다, 짓다 ; 艸, 9획)
貯 (쌓다 ; 貝, 5획)

적

寂 (고요하다 ; 宀, 8획)
摘 (따다, 맞다 ; 手, 11획)
滴 (물방울 ; 水, 11획)
敵 (대적하다, 상대, 원수 ; 攵 , 11획)
適 (가다, 맞다 ; 辵, 11획)
的 (과녁, 목표 ; 白, 3획)

積 (쌓다 ; 禾, 11획)

笛 (피리 ; 竹, 5획)

籍 (서적, 호적 ; 竹, 14획)

績 (길쌈 ; 糸, 11획)

賊 (도둑 ; 貝, 6획)

赤 (붉다 ; 赤, 0획)

跡 (자취 ; 足, 6획)

전

傳 (전하다 ; 人, 11획)

全 (온전하다 ; 入, 4획)

典 (법, 책 ; 八, 6획)

前 (앞 ; 刀, 7획)

專 (오로지 ; 寸, 8획)

展 (펴다 ; 尸, 7획)

戰 (싸우다 ; 戈, 12획)

田 (밭 ; 田, 0획)

轉 (구르다 ; 車, 11획)

錢 (돈 ; 金, 8획)

電 (번개 ; 雨, 5획)

절

切 (끊다 ; 刀, 2획)

折 (꺾다 ; 手, 4획)

節 (마디, 절약하다 ; 竹, 9획)

絶 (끊다, 뛰어나다 ; 糸, 6획)

점

占 (점치다 ; 卜, 3획)

店 (가게 ; 广, 5획)

漸 (점점 ; 水, 11획)

點 (점, 흠 ; 黑, 5획)

접

接 (접하다 ; 手, 8획)

蝶 (나비 ; 虫, 9획)

정

丁 (고무래, 네째천간 ; 一, 1획)

井 (우물 ; 二, 2획)

亭 (정자 ; 亠, 7획)

停 (머무르다 ; 人, 9 획)

定 (정하다 ; 宀, 5획)

庭 (뜰 ; 广, 7획)

廷 (조정 ; 廴, 4획)

征 (원정하다, 치다 ; 彳, 5획)

情 (뜻, 정 ; 心, 8획)

淨 (깨끗하다, 맑다 ; 水, 8획)

政 (정사 ; 攵, 4획)

整 (가지런하다, 고르다 ; 攵, 12획)

正 (바르다 ; 止, 1획)

程 (길, 단위 ; 禾, 7획)

精 (가리다, 자세하다 ; 米, 8획)

訂 (바로잡다 ; 言, 2획)

貞 (정숙하다 ; 貝, 2획)
靜 (고요하다 ; 靑, 8획)
頂 (정수리 ; 頁, 2획)

제

制 (제도 ; 刀, 6획)
堤 (방죽, 막다 ; 土, 9획)
帝 (임금 ; 巾, 6획)
弟 (아우, 제자 ; 弓, 4획)
提 (끌다, 들다, 제기하다 ; 手, 9획)
濟 (건너다 ; 水, 14획)
除 (제하다, 덜다 ; 阜, 7획)
際 (사귀다 ; 阜, 11획)
祭 (제사 ; 示, 6획)
第 (차례 ; 竹, 5획)
製 (만들다, 짓다 ; 衣, 8획)
諸 (모두, 어조사 ; 言, 9획)
題 (제목, 문제 ; 頁, 9획)
齊 (가지런하다 ; 齊, 0획)

조

兆 (억조, 조짐 ; 儿, 4획)
助 (돕다 ; 力, 5획)
弔 (조상, 조상하다 ; 弓, 1획)
操 (잡다 ; 手, 13획)
潮 (조수 ; 水, 12획)
早 (이르다, 일찍 ; 日, 2획)

朝 (아침, 조정 ; 月, 8획)
條 (가지, 가닥, 조목 ; 木, 7획)
燥 (마르다 ; 火, 13획)
照 (비치다 ; 火, 9획)
造 (짓다, 만들다 ; 辵, 7획)
祖 (조상, 처음, 할아버지 ; 示, 5획)
租 (구실, 쌓다 ; 禾, 5획)
組 (짜다, 끈 ; 糸, 5획)
調 (고르다 ; 言, 8획)
鳥 (새 ; 鳥, 0획)

족

族 (겨레 ; 方, 7획)
足 (발 ; 足, 0획)

존

存 (있다 ; 子, 3획)
尊 (높다, 존경하다 ; 寸, 9획)

졸

卒 (군사, 마치다 ; 十, 6획)
拙 (어리석다 ; 手, 5획)

종

宗 (마루, 우두머리 ; 宀, 5획)

258

從 (따르다, 좇다 ; 彳, 8획)
種 (씨앗, 심다 ; 禾, 9획)
終 (마침 ; 糸, 5획)
縱 (세로, 놓다 ; 糸, 11획)
鐘 (쇠북, 종 ; 金, 11획)

좌

佐 (돕다 ; 人, 5획)
坐 (앉다 ; 土, 4획)
左 (왼쪽 ; 工, 2획)
座 (위치, 자리 ; 广, 7획)

죄

罪 (죄, 허물 ; 网, 8획)

주

主 (임금, 주인 ; 丶, 4획)
住 (머무르다, 살다 ; 人, 5획)
周 (두루, 둘레 ; 口, 5획)
宙 (집, 하늘 ; 宀, 5획)
州 (고을 ; 川, 3획)
注 (물대다, 흐르다 ; 水, 5획)
洲 (물가, 섬 ; 水, 6획)
晝 (낮 ; 日, 7획)
朱 (붉다 ; 木, 2획)
柱 (기둥 ; 木, 5획)

株 (그루 ; 木, 6획)
舟 (배 ; 舟, 0획)
走 (달아나다 ; 走, 0획)
酒 (술 ; 酉, 3획)

죽

竹 (대나무 ; 竹, 0획)

준

俊 (준걸 ; 人, 7획)
準 (법 ; 水, 10획)
遵 (좇다 ; 辵, 12획)

중

中 (가운데 ; 丨, 3획)
仲 (다음, 버금 ; 人, 4획)
衆 (무리 ; 血, 6획)
重 (무겁다, 중하다 ; 里, 2획)

즉

卽 (곧 ; 卩, 7획)
則 (곧/법칙 칙 ; 刂, 7획)

증

增 (늘리다, 더하다, 불리다 ; 土, 12획)

憎 (미워하다 ; 心, 12획)
曾 (일찍, 거듭 ; 曰, 8획)
蒸 (찌다, 무리 ; 艸, 10획)
症 (병 증세 ; 疒, 5획)
證 (증거 ; 言, 12획)
贈 (주다 ; 貝, 12획)

지

之 (어조사 ; 丿, 3획)
只 (다만 ; 口, 2획)
地 (땅 ; 土, 3획)
持 (가지다 ; 手, 6획)
指 (손가락 ; 手, 6획)
池 (못 ; 水, 3획)
志 (뜻 ; 心, 3획)
支 (버티다, 지탱하다 ; 支, 0획)
智 (지혜, 슬기 ; 日, 8획)
枝 (가지 ; 木, 4획)
止 (그치다 ; 止, 0획)
遲 (늦다, 더디다 ; 辵, 12획)
知 (알다 ; 矢, 3획)
紙 (종이 ; 糸, 4획)
至 (이르다, 지극하다 ; 至, 0획)
誌 (기록하다 ; 言, 7획)
識 (기록하다 ; 言, 12획)

직

直 (곧다 ; 目, 3획)
織 (짜다 ; 糸, 12획)
職 (벼슬 ; 耳, 12획)

진

振 (떨치다 ; 手, 7획)
陣 (진치다 ; 阜, 7획)
陳 (베풀다 ; 阜, 8획)
珍 (보배 ; 王, 5획)
進 (나아가다 ; 辵, 8획)
盡 (다하다 ; 皿, 9획)
眞 (참 ; 目, 5획)
辰 (별 ; 辰, 0획)
鎭 (진정하다, 진압하다 ; 金, 10획)

질

姪 (조카 ; 女, 6획)
疾 (병 ; 疒, 5획)
秩 (차례 ; 禾, 5획)
質 (바탕, 저당 잡다 ; 貝, 8획)

집

執 (잡다 ; 土, 8획)
集 (모으다 ; 隹, 4획)

징

徵 (부르다 ; 彳, 12획)
懲 (징계하다 ; 心, 15획)

차

且 (또 ; 一, 4획)
借 (빌다, 빌리다 ; 人, 8획)
差 (어긋나다, 차이 ; 工, 7획)
次 (다음, 버금 ; 欠, 2획)
此 (이 ; 止, 2획)
車 (수레/성씨 차/수레 거 ; 車, 0획)

착

捉 (잡다 ; 手, 7획)
着 (붙다, 입다 ; 目, 7획)
錯 (그르다, 섞이다 ; 金, 8획)

찬

讚 (기리다 ; 言, 15획)
贊 (돕다, 찬성하다 ; 貝, 12획)

찰

察 (살피다 ; 宀, 11획)

참

參 (참여하다, 석 삼 ; 厶, 9획)
慘 (비참하다, 참혹하다 ; 心, 11획)
慙 (부끄러워하다 ; 心, 11획)

창

倉 (곳집, 창고 ; 人, 8획)
創 (비롯하다 ; 刀, 10획)
唱 (노래부르다 ; 口, 8획)
滄 (큰바다, 차다 ; 水, 10획)
昌 (창성하다 ; 日, 4획)
暢 (펴다, 화창하다 ; 日, 10획)
蒼 (푸르다 ; 艸, 10획)
窓 (창 ; 穴, 6획)

채

債 (빚지다 ; 人, 11획)
彩 (무늬, 채색 ; 彡, 8획)
採 (캐다, 채집하다 ; 手, 8획)
菜 (나물, 채소 ; 艸, 10획)

책

册 (책 ; 几, 3획)
策 (꾀 ; 竹, 6획)
責 (꾸짖다, 책임 ; 貝, 4획)

처

妻 (아내 ; 女, 3획)
悽 (슬퍼하다 ; 心, 8획)
處 (곳 ; 虍, 5획)

척

尺 (자 ; 尸, 1획)
拓 (열다, 줍다 ; 手, 5획)
戚 (겨레, 슬프다 ; 戈, 7획)
斥 (내치다, 물리치다 ; 斤, 1획)

천

千 (일천 ; 十, 1획)
天 (하늘 ; 大, 1획)
川 (내 ; 川, 0획)
淺 (얕다 ; 水, 8획)
泉 (샘 ; 水, 5획)
薦 (천거하다 ; 艸, 13획)
遷 (옮기다 ; 辵, 12획)
賤 (천하다 ; 貝, 8획)
踐 (밟다, 실천하다 ; 足, 8획)

철

哲 (밝다 ; 口, 7획)
徹 (뚫다, 통하다 ; 彳, 12획)
鐵 (쇠 ; 金, 13획)

첨

尖 (뾰족하다 ; 小, 3획)
添 (더하다 ; 水, 8획)

첩

妾 (첩 ; 女, 5획)

청

廳 (대청, 관청 ; 广, 22획)
淸 (맑다 ; 水, 8획)
晴 (개다 ; 日, 8획)
聽 (듣다 ; 耳, 16획)
請 (청하다 ; 言, 8획)
靑 (푸르다 ; 靑, 0획)

체

替 (바꾸다 ; 日, 8획)
體 (몸 ; 骨, 13획)

초

初 (처음 ; 刀, 5획)
抄 (베끼다, 뽑다 ; 手, 4획)
招 (부르다 ; 手, 5획)
草 (풀 ; 艸, 6획)
礎 (주춧돌 ; 石, 13획)

촉

肖 (같다, 닮다 / 흩어질 소 ; 肉, 3획)
超 (뛰어넘다 ; 走, 5획)

促 (재촉하다 ; 人, 7획)
燭 (촛불, 밝다, 빛나다 ; 火, 13획)
觸 (닿다, 범하다 ; 角, 13획)

촌

寸 (마디 ; 寸, 0획)
村 (마을 ; 木, 3획)

총

總 (거느리다, 모두 ; 糸, 11획)
聰 (귀밝다, 총명하다 ; 耳, 11획)
銃 (총 ; 金, 6획)

최

催 (재촉하다 ; 人, 11획)
最 (가장 ; 日, 8획)

추

抽 (뽑다, 빼다 ; 手, 5획)
推 (천거하다 / 밀 퇴 ; 手, 8획)
追 (따르다, 쫓다 ; 辵, 6획)
秋 (가을 ; 禾, 4획)
醜 (추하다 ; 酉, 10획)

축

丑 (소 ; 一, 3획)
畜 (가축, 기르다 ; 田, 5획)
祝 (빌다, 축문 ; 示, 5획)
築 (쌓다 ; 竹, 10획)
縮 (오그라들다, 줄다 ; 糸, 11획)

춘

春 (봄 ; 日, 5획)

출

出 (나가다, 낳다 ; 凵, 3획)

충

充 (충분하다, 채우다 ; 儿, 4획)
忠 (충성 ; 心, 4획)
蟲 (벌레 ; 虫, 12획)
衝 (찌르다, 부딪치다 ; 行, 9획)

취

取 (가지다, 취하다 ; 又, 6획)
吹 (불다 ; 口, 4획)
就 (나가다, 이루다 ; 尤, 9획)
臭 (냄새, 맡다 ; 自, 4획)
趣 (빨리 가다, 풍치 ; 走, 8획)

醉 (술 취하다 ; 酉, 8획)

측

側 (곁 ; 人, 9획)
測 (재다, 측량하다 ; 水, 9획)

층

層 (층 ; 尸, 12획)

치

値 (값 ; 人, 8획)
治 (다스리다 ; 水, 5획)
恥 (부끄럽다 ; 心, 6획)
稚 (어리다 ; 禾, 8획)
置 (두다 ; 罒, 8획)
致 (이루다 ; 至, 4획)
齒 (이 ; 齒, 0획)

칙

則 (법칙/법 칙/곧 즉 ; 刀, 7획)

친

親 (친하다, 어버이 ; 見, 9획)

칠

七 (일곱 ; 一, 1획)
漆 (옻, 검다 ; 水, 11획)

침

侵 (침노하다 ; 人, 7획)
寢 (잠자다 ; 宀, 11획)
沈 (잠기다 ; 水, 4획)
浸 (적시다, 번지다 ; 水, 7획)
枕 (베개, 베다 ; 木, 4획)
針 (바늘 ; 金, 2획)

칭

稱 (일컫다 ; 禾, 9획)

쾌

快 (쾌하다, 빠르다 ; 心, 4획)

타

他 (남, 다르다 ; 人, 3획)
墮 (떨어지다 ; 土, 12획)
妥 (온당하다, 타당하다 ; 女, 4획)
打 (치다 ; 手, 2획)

탁

度 (헤아리다 ; 广, 6획)

托 (받치다, 맡기다 ; 手, 3획)
濁 (흐리다 ; 水, 13획)
濯 (빨래하다, 씻다 ; 水, 14획)
琢 (쪼다, 다듬다 ; 王, 8획)
託 (부탁하다 ; 言, 3획)

탄

彈 (탄알 ; 弓, 12획)
歎 (탄식하다 ; 欠, 11획)
炭 (숯 ; 火, 5획)

탈

奪 (빼앗다 ; 大, 11획)
脫 (벗다 ; 肉, 7획)

탐

探 (찾다 ; 手, 8획)
貪 (탐내다 ; 貝, 4획)

탑

塔 (탑 ; 土, 10획)

탕

湯 (끓이다 ; 水, 9획)

태

太 (크다 ; 大, 1획)
怠 (게으르다 ; 心, 5획)
態 (모양, 태도 ; 心, 10획)
殆 (위태롭다 ; 歹, 5획)
泰 (크다, 편안하다 ; 水, 5획)

택

宅 (집 ; 宀, 3획)
擇 (택하다 ; 手, 13획)
澤 (윤택하다, 못 ; 水, 13획)

토

兎 (토끼 ; 儿, 6획)
吐 (토하다, 말하다 ; 口, 3획)
土 (흙 ; 土, 0획)
討 (치다 ; 言, 3획)

통

洞 (통하다/고을 동 ; 水, 6획)
通 (통하다 ; 辵, 7획)
痛 (아프다, 원통하다 ; 疒, 7획)
統 (거느리다 ; 糸, 6획)

퇴

退 (물러나다 ; 辵, 6획)

투

投 (던지다 ; 手, 4획)
透 (통하다 ; 辵, 7획)
鬪 (싸우다 ; 鬥, 10획)

특

特 (특별하다 ; 牛, 6획)

파

播 (씨뿌리다, 펴다 ; 手, 12획)
波 (물결 ; 水, 5획)
派 (물 갈래, 갈라지다 ; 水, 6획)
破 (깨뜨리다 ; 石, 5획)
罷 (파하다, 내치다 ; 网, 10획)
頗 (자못, 치우치다 ; 頁, 5획)

판

判 (판단하다 ; 刀, 5획)
板 (널, 판목 ; 木, 4획)
版 (널, 판목, 인쇄하다 ; 片, 4획)
販 (팔 ; 貝, 4획)

팔

八 (여덟 ; 八, 0획)

패

敗 (패하다 ; 攵, 7획)
貝 (조개, 재물 ; 貝, 0획)

편

便 (편하다/오줌 변 ; 人, 7획)
片 (조각 ; 片, 0획)
遍 (두루 ; 辵, 9획)
篇 (글, 책 ; 竹, 9획)
編 (엮다 ; 糸, 9획)

평

平 (평평하다 ; 干, 2획)
評 (평가하다 ; 言, 5획)

폐

幣 (폐물, 폐백, 돈 ; 巾, 12획)
廢 (폐하다, 버리다 ; 广, 12획)
弊 (폐단, 나쁘다 ; 廾, 12획)
蔽 (가리다 ; 艸, 12획)
肺 (허파 ; 肉, 4획)
閉 (닫다 ; 門, 3획)

포

包 (쌀, 감싸다 ; 勹, 3획)
布 (베 ; 巾, 12획)

抱 (안다 ; 手, 5획)
捕 (잡다, 사로잡다 ; 手, 7획)
暴 (포악하다 ; 日, 11획)
浦 (물가, 개펄 ; 水, 7획)
胞 (태, 세포 ; 肉, 5획)
飽 (배부르다, 차다 ; 食, 5획)

폭

幅 (폭 ; 巾, 9획)
暴 (사납다 ; 日, 11획)
爆 (터지다, 폭발하다 ; 火, 15획)

표

漂 (뜨다, 떠돌다 ; 水, 11획)
標 (표, 표하다 ; 木, 11획)
票 (표, 쪽지 ; 示, 6획)
表 (겉 ; 衣, 3획)

품

品 (물건 ; 口, 6획)

풍

楓 (단풍나무 ; 木, 9획)
豊 (풍성하다, 풍년 ; 豆, 11획)
風 (바람 ; 風, 0획)

피

彼 (저 ; 彳, 5획)
避 (피하다 ; 辶, 13획)
疲 (피곤하다 ; 疒, 5획)
皮 (가죽 ; 皮, 0획)
被 (이불, 입다 ; 衣, 5획)

필

匹 (짝 ; 匚, 2획)
必 (반드시 ; 心, 1획)
畢 (마치다 ; 田, 6획)
筆 (붓 ; 竹, 6획)

하

下 (아래, 내리다 ; 一, 2획)
何 (어찌 ; 人, 5획)
夏 (여름 ; 夂 , 7획)
河 (물 ; 水, 5획)
荷 (메다, 짐 ; 艸, 7획)
賀 (하례하다 ; 貝, 5획)

학

學 (배우다 ; 子, 13획)
鶴 (학, 두루미 ; 鳥, 10획)

한

寒 (차다 ; 宀, 9획)
恨 (한하다 ; 心, 6획)
汗 (땀 ; 水, 3획)
漢 (한나라 ; 水, 11획)
限 (한정 ; 阜, 6획)
旱 (가물다 ; 日, 3획)
閑 (한가하다 ; 門, 4획)
韓 (나라 ; 韋, 8획)

할

割 (나누다, 베다 ; 刀, 10획)

함

含 (머금다 ; 口, 4획)
咸 (다, 모두 ; 口, 4획)
陷 (빠지다 ; 阜, 8획)

합

合 (합하다 ; 口, 3획)

항

巷 (거리 ; 己, 6획)
恒 (항상 ; 心, 6획)
抗 (대항하다, 저항하다 ; 手, 4획)

港 (항구 ; 水, 9획)
航 (배, 비행하다 ; 舟, 4획)
項 (목, 조목 ; 頁, 3획)

해

亥 (돼지 ; 亠, 4획)
奚 (어찌 ; 大, 7획)
害 (해치다, 손해 ; 宀, 7획)
海 (바다 ; 水, 7획)
解 (풀다 ; 角, 6획)
該 (그, 갖추다 ; 言, 6획)
駭 (놀라다 ; 馬, 6획)

핵

核 (씨, 알맹이 ; 木, 6획)

행

幸 (다행하다 ; 干, 5획)
行 (다니다 / 항렬 항 ; 行, 0획)

향

享 (누리다 ; 亠, 6획)
向 (향하다 ; 口, 3획)
鄕 (고향, 시골 ; 邑, 10획)
響 (울리다 ; 音, 13획)
香 (향기 ; 香, 0획)

허

虛 (비다 ; 虍, 6획)
許 (허락하다 ; 言, 4획)

헌

憲 (법 ; 心, 12획)
獻 (드리다, 바치다 ; 犬, 16획)
軒 (초헌, 추녀 ; 車, 3획)

험

險 (험하다 ; 阜, 13획)
驗 (시험하다 ; 馬, 13획)

혁

革 (가죽, 고치다 ; 革, 0획)

현

弦 (활시위 ; 弓, 5획)
懸 (매달다 ; 心, 16획)
現 (나타나다 ; 王, 7획)
玄 (검다 ; 玄, 0획)
絃 (악기 줄 ; 糸, 5획)
縣 (고을 ; 糸, 10획)
賢 (어질다 ; 貝, 8획)
顯 (나타나다 ; 頁, 14획)

혈

穴 (구멍 ; 穴, 0획)
血 (피 ; 血, 0획)

협

協 (화하다 ; 十, 6획)
脅 (위협하다 ; 肉, 6획)

형

亨 (형통하다 ; 亠, 4획)
兄 (맏, 언니 ; 儿, 3획)
刑 (형벌 ; 刀, 4획)
形 (모양 ; 彡, 4획)
螢 (반딧불 ; 虫, 10획)

혜

兮 (어조사 ; 八, 2획)
惠 (은혜 ; 心, 8획)
慧 (지혜 ; 心, 11획)

호

乎 (어조사 ; 丿, 4획)
互 (서로 ; 二, 2획)
呼 (부르다 ; 口, 5획)
好 (좋다 ; 女, 3획)
浩 (넓다 ; 水, 7획)

湖 (호수 ; 水, 9획)
戶 (집, 지게 ; 戶, 0획)
毫 (가는 털 ; 毛, 7획)
胡 (오랑캐, 어찌 ; 肉, 5획)
虎 (호랑이 ; 虍, 2획)
號 (부르짖다, 이름 ; 虍, 7획)
護 (보호하다 ; 言, 14획)
豪 (호걸 ; 豕, 7획)

혹

惑 (미혹하다 ; 心, 8획)
或 (혹, 혹시 ; 戈, 4획)

혼

婚 (혼인하다 ; 女, 8획)
混 (섞다, 섞이다 ; 水, 8획)
昏 (어둡다 ; 日, 4획)
魂 (넋 ; 鬼, 4획)

홀

忽 (문득, 소홀히 하다 ; 心, 4획)

홍

弘 (넓다, 크다 ; 弓, 2획)
洪 (넓다 ; 水, 6획)

紅 (붉다 ; 糸, 3획)
鴻 (큰기러기 ; 鳥, 6획)

화

化 (화하다, 되다 ; 匕, 2획)
和 (순하다, 화하다 ; 口, 5획)
火 (불 ; 火, 0획)
花 (꽃 ; 艸, 4획)
華 (빛나다, 화려하다 ; 艸, 8획)
畵 (그림 ; 田, 7획)
禍 (재화, 재앙 ; 示, 9획)
禾 (벼 ; 禾, 0획)
話 (이야기 ; 言, 6획)
貨 (재물, 화물 ; 貝, 4획)

확

擴 (늘리다, 넓히다 ; 手, 15획)
確 (확실하다 ; 石, 10획)
穫 (거두다 ; 禾, 14획)

환

丸 (환약, 둥글다 ; 丶, 2획)
換 (바꾸다 ; 手, 9획)
患 (근심, 병 ; 心, 7획)
歡 (기쁘다, 기뻐하다 ; 欠, 18획)
環 (돌리다, 고리 ; 王, 13획)
還 (돌아오다 ; 辵, 13획)

활

活 (살다 ; 水, 6획)

황

況 (하물며 ; 水, 5획)
荒 (거칠다 ; 艸, 6획)
皇 (임금, 황제 ; 白, 4획)
黃 (누르다 ; 黃, 0획)

회

回 (돌아오다 ; 口, 3획)
悔 (뉘우치다 ; 心, 7획)
懷 (품다 ; 心, 16획)
會 (모으다, 맞다 ; 日, 9획)
灰 (재 ; 火, 2획)

획

劃 (긋다 ; 刀, 12획)
獲 (얻다 ; 犬, 14획)

횡

橫 (가로 ; 木, 12획)

효

孝 (효도 ; 子, 4획)
效 (본받다, 보람 ; 攵, 6획)
曉 (새벽, 깨닫다 ; 日, 12획)

후

侯 (제후, 벼슬이름 ; 人, 7획)
候 (기후 ; 人, 8획)
厚 (두텁다 ; 厂, 7획)
喉 (목구멍 ; 口, 9획)
後 (뒤 ; 彳, 6획)

훈

訓 (가르치다 ; 言, 3획)

훼

毁 (헐다 ; 殳, 9획)

휘

揮 (휘두르다 ; 手, 9획)
輝 (빛나다 ; 車, 8획)

휴

休 (쉬다 ; 人, 4획)

携 (가지다, 끌다, 지니다 ; 手, 10획)

凶 (흉하다 ; 凵, 2획)
胸 (가슴 ; 肉, 6획)

黑 (검다 ; 黑, 0획)

吸 (숨들이 쉬다 ; 口, 4획)

興 (일어나다 ; 臼, 9획)

喜 (기쁘다 ; 口, 9획)
噫 (탄식하다 ; 口, 13획)
希 (바라다 ; 巾, 4획)
戲 (희롱하다, 놀다, 연극 ; 戈, 13획)
熙 (빛나다 ; 火, 9획)
稀 (드물다 ; 禾, 7획)